濾

谭风华诗选

非墨◎著

文字，是时间滤余在纸上的黑渍。

群言出版社
QUNYAN PRESS
·北京·

图书在版编目（CIP）数据

滤：谭风华诗选／非墨著．—— 北京 ：群言出版社，2017.3

ISBN 978-7-5193-0029-6

Ⅰ．①滤… Ⅱ．①非… Ⅲ．①诗集－中国－当代 Ⅳ．① I227

中国版本图书馆 CIP 数据核字 (2016) 第 315534 号

责任编辑：潘　昊
封面设计：刘淑媛

出版发行：群言出版社
地　　址：北京市东城区东厂胡同北巷1号（100006）
网　　址：www.qypublish.com
自营网店：https://qycbs.tmall.com（天猫旗舰店）
http://qycbs.shop.kongfz.com（孔夫子旧书网）
http://www.qypublish.com（群言出版社官网）
电子信箱：qunyancbs@126.com
联系电话：010-65267783 65263836
经　　销：全国新华书店

印　　刷：北京朝阳印刷厂有限责任公司
版　　次：2017年3月第1版　2017年3月第1次印刷
开　　本：710mm × 1000mm　1/16
印　　张：16.5
字　　数：249千字
书　　号：ISBN 978-7-5193-0029-6
定　　价：33.00 元

自序：我是个被“下蛊”的孩子

按出版周期，我以为《滤》这本诗集的出版，不会如此快。现在居然能在如此短的时间里筹措出版，多少总是出乎意料的，天帮忙，地帮忙，而实实在在的是朋友之力呀。但是书出来，就像生下一个孩子，做父母的，只是打心底里喜欢，至于将来长大，究竟有没有出息？能走多远？能做出什么业绩？成为平庸的人，还是有作为的人？那都是后话，只有天知道。用鲁迅先生的话讲，大可以先“哈哈哈，今天天气很好”。目前，管不了那么远的事，只要孩子保证没灾没病，身体健康，就是阿弥陀佛。至于书中所收编的诗歌究竟写得好不好，能否传播开去，时间的穿透力有多长，朋友之力量再大，却又是帮不上忙的，最终还待市场、读者、时间的检验。

《滤》是继《屐红高跟鞋的雨》之后，我正式出版的第二本诗集，两本诗集的出版时间间隔并不远。而两本诗集所收诗歌，都更多地侧重于时间的感慨和人生的体悟，略有不同的是《滤》所选诗歌，相对《屐红高跟鞋的雨》，似乎更为厚重、沉稳一些，而《屐红高跟鞋的雨》似乎更为明丽，《滤》的个别诗歌甚至有些铅灰的色调和重量。《滤》所选诗歌，创作的时间跨度也没有《屐红高跟鞋的雨》大，多是近几年的创作，《屐红高跟鞋的雨》还少量收有十多年前的作品。但即便如此，两本诗集同样是我心里流出的血。我也知道，诗歌写得多，只能代表勤奋，并不能代表诗歌的质量和纯度，获诺贝尔文学奖的瑞典诗人托马斯·特朗斯特罗姆就仅仅写了二百多首诗歌，却征服了整个世界，那是他精益求精的结果。

常规说来，诗歌更偏爱青春，缪斯更青睐年少的“天才”，就像张爱玲说的“出名需趁早”，所以到了我目前这个年龄，人到中年，“突然”

出书、出诗集，身边的人多少都有些“诧异”，一是不觉得我是个会写书、会出书的人；二是不认为平常不显山不露水的我，怎么会突然写起诗来；三是觉得像我这样一个默默无闻的人，绝对属于“沉默的大多数”，突然发声，像噪声，多少应该有一个正常的过渡，让人家接受。所以我也借此机会，重新反省了一下自己，总觉得自己是那种心智、身体都发育相对迟缓的人，不是那种“天才”式的人物，很会早慧早熟。到现在，遇事，我时常还是要“愤怒”，犹如一个“愤青”，没有学会稳重和克制，常不舍理想主义和幻想，时时被人认为或自愧“幼稚”，经历过如此多的世事和人缘，竟然没有一点“成熟”样子和表现。

我出生在湘西通道县一个偏远的小乡村，童年是在一个叫坪阳乡的地方度过的。坪阳是个许多人都感觉陌生的偏远地方，是个至今仍然充满“再生人”等神奇传说的一个侗族人聚集地。家搬到县城双江镇时，我已是读小学五六年级的学生。直到上初中三年级时，我家才迁到怀化，所以我血液里是暗暗流着一点乡村的血的。记得小时候，我一口流利的侗话，常充当父母与村民的“翻译”，而现在的我想说一个词，却已不能。我一口流利的通道县溪话口音，也被时间洗得干干净净。

我时常怀疑自己是被坪阳村子里的妇人放过蛊的汉族孩子。因为我清楚地记得，有一次我被诱惑，吃过村子里那个妇人给的什么东西后，就莫名地大病一场，近半个月的发烧，做噩梦，输液、打针都不管用。后来，没办法了，母亲让父亲背着我，走山路，赶长途汽车，进城，送县医院去看看。到了县城，也没进县人民医院，居然喊肚子饿，吃了街边的一碗小馄饨，病居然就奇迹般地好了。回到村子里，那妇人看到我很诧异，问我说：“你的病好了？”多年来，我一直没想通，她怎么知道我病了？虽然如此，我仍然常怀疑我身体里藏着的蛊毒，像一枚胶囊，随时都会破裂发作。蛊死，我也将死去；我活着，蛊也将不会死去。而诗歌，就是我深藏在体内的蛊虫的某种分泌物而已。

此后，我的体质一直比较弱，瘦瘦筋筋，心智愚钝，身体发育也比较迟缓，青春期的荷尔蒙似乎分泌也不足，直到上了大学，暂时离开怀化，才尝试着学抽烟、喝酒，但也没学会。一直到很多年后，我慢慢才明白男人为什么是要抽烟、喝酒的。也正因为这点“迟缓”，直到35岁，我才结婚，终于在北京这座城市里安定了下来。如今，回想起来，也许正因为这种踩不准“步调”的生存方式，才到现在这个年龄“突然”地重新开始写作和出书，重拾少年时的梦幻，重新开始做梦，也许奢望着一点“后发优势”。

按常理，只能说年轻更容易接近诗歌，但真正的诗意无关于年龄。20世纪90年代前后，从诗人海子的自杀、顾城的自杀、王昌耀的自杀，诗歌竟然成为杀死诗人的钝器，迫使很多人与诗歌保持着“距离”。多年来我常想一个问题：“诗歌既然无法拯救诗人自己，拿什么拯救他人和世界？”那时候，很多人开始远离诗歌，远离潜伏在诗歌背后的“负能量”。从那时候到现在，有多少人一直在坚守？而2015年诗歌似乎是突然进入微信时代，又突然热闹起来。而今年恰是离胡适先生于1916年留学美国开始创作《尝试集》，开创白话新诗传统，时间正好百年，我凑巧在这个时候出诗集，并没有赶巧凑热闹的心理。因我并非“圈子”里的人，诗坛的纷扰和争论，与我自然也没有多大关系。作为身在企业中的一名普通职员，整天陷于烦琐文案工作之中，每天中午我已没有午休习惯，而是在办公桌边读书，或写我的诗歌。当我在办公室里端着茶杯，望着窗外，有时我也在想，地球另一边，当年作为小职员的葡萄牙作家费尔南多·佩索阿、捷克作家弗兰兹·卡夫卡，也和我一样，是时常无所事事地望着窗外的。

非墨

2016年11月9日于北京莲宝中路

目录

第一辑
生与死，同样是一种存在

第二辑

蚂蚁的吼叫

第三辑

禅是一朵花

第四辑

撒旦在黑夜独自跳着狐步

第五辑

一个字一首诗

第六辑

落在脊髓上的灰暗

第七辑

植物的表达，你不懂

第一辑

生与死，同样是一种存在

今日，让我们醉一回

兄弟，上酒，切牛肉，来盘花生米
无须烤火。喝多了，自然会暖和
酒是粮食的筋，是淀粉的魂
进了口腔，流入食道，九曲回肠
先放一把内火，把五脏六腑烧个干净
再学林冲，放一把外火，烧他娘的草料场
管他什么陆谦、富安、高衙内和高俅
手起刀落，一刀一个，里里外外，杀个痛快
上梁山，找李逵、鲁智深、武松接着喝酒去
把日月烧了，把风雪烧了，把春天点燃
关云长的傩面具就能够戴在脸上
让酒仍温温地端在曹操手上，重闯五关
斩六将。张飞的鬼魂就会醉醺醺附体
把筷子一挥都快指人脸上，如舞丈八蛇矛
别谈什么股市、楼市、足球、女人和电影
别谈什么天下、美国、反恐、南海和老虎
别谈什么量子力学和广义相对论
都什么八卦，先别骂，拳输了，先喝酒
“我醉欲眠卿且去，明朝有意抱琴来”
“岑夫子，丹丘生，将进酒，杯莫停”
“古来圣贤皆寂寞，唯有饮者留其名”
武的不行，玩文的，小心废你的武功
不对。不对。不对。没这样穿越的

陶渊明不安心乡下种田，写他的《桃花源》
专程跑长安来找李白喝酒、练剑？文不对题
我有一壶酒，足以慰风尘。什么七糟八乱
贵妃？我不是南唐后主，也不是唐明皇
娘子，你也沾酒了？没事，一会儿找代驾
是否真的也醉了？今天过节。天塌不下来
尽扯淡。把菜帮忙再热热。再来一壶，兄弟

醉里挑灯

今夜，我不再看剑
只看你
今夜，满口蜜语甜言
只对你胡说

音乐就放当前最流行的摇滚
别再玩什么雅乐高调
实在无聊，也可以听我
对着月亮吼两嗓子

刚生的牛犊
就随意取名叫八百里
刚下的马驹
就随意取名叫的卢

你可别把这当醉话和笑话
认真听我一回
今夜，君王和天下
都与你我无关

弓如霹雳弦惊
那是李广将军的事情

八千里路云和月
那是岳飞将军的事情

借着灯光，再帮忙拔几根白发
管他什么功名利禄，红毯鲜花
60 亿年后太阳也会坍缩爆炸
今夜，你我只有情，没有事

相逢是缘

一百万次擦身而过
几世几劫
两条平行线。在故乡
在小县城的街角
无数次相距不出百米
可是就是没法碰面和交集
就像因一场突如其来的地震
从同一悬崖上
先后滚落溪涧的石头
认识很多相互都认识的人
知道很多相互都知晓的事
经历无数次暴雨狂风
经历无数次山洪
都被陆续冲出山谷
冲进江河，远离故土
磨蚀成两块圆咕隆咚
善于掩饰，从属于世俗
没有棱角的鹅卵石
质地如此相近
似乎拥有同样的心脏
终于在某一个时刻

碰巧被挖沙船
从河床底先后挖出
因某种机缘被同时倒进
同一台混凝土搅拌车
然后砌进同一座城市的
同一座建筑的同一面墙上

酒杯

不胜酒力的是杯子
每回注满的爱和恨
一定吐在我的胃里
溅在我的神经末梢上
溅得我泪眼蒙眬

不胜酒力的一定是杯子

每一丝苦我都尝
每一笔债我都会还
每一滴醇香
我都留心间
可是　不胜酒力的
依旧是杯子

京城蜀味源与王伟饮酒

茶喝前，就是茶。一旦喝，就是道
酒喝前，就是酒。一旦喝，就是友
王伟不是王维，只是老同学
非墨也不是李白，天各一方
三十年前同窗，途经长安
将飞国外，年前定返，出差
今夜无雪，明日京城又是霾
会当一饮三百杯，一瓶茅台
微信。微信。实时照片朋友圈
点赞，点赞，溅起一片惊叹
醉他一宿，无限感慨
他乡还是他乡，还嗟

京城与马良权在梦桃源醉饮

京城的永定河还冻着
你自南方来
你自湖南来
你自全国贫困县桂东来
又一年即将结束，喝
新的一年又将开始，喝
多长时间没见，喝
是兄弟，喝

三杯两盏，酒入口腔
又一次九曲回肠
经喉，经胃，经肠
寻找流经心脏的那条长江

梦桃源不是湖南
不过是京城河边的普通酒家
不是诗人们常提到的乡下
陶渊明不曾来过
王维也不一定找得到此地
扶贫和乡里轶事其实他们都不关心
王维念念不忘的也是我倍加关心的
老宅那扇雕画窗前的蜡梅是否已开花

背影，一不小心就成了永恒

别以为跟着陈子昂
或者王之涣
站那么高
就一定能够看见未来

别以为把白天旋转成长裙
把夜梳成乌乌长发
把黑裁剪成梦的模样
就可以把时间紧紧裹在身上

你是刺进清晨的一根刺
看到的是朝阳。以为火
一定代表光明；以为血
总是一种可以想象的希望

可我眼睛里看到的只是你
和你的背影
云烟过眼，看不到存在
没有历史和剑

我担心的是深陷迷惘的远山

和你脚下，像根细细风筝线
一直努力在放飞着你的
那条窄窄的山路

凶器

一把刀，是把利器
在家，或在野的区别
在于在砧板上切肉
还是行走江湖杀人

恶人自有恶报
强中自有强中手
曾经的所向披靡
而今却也砍豁了口

刀刃上长出尖牙
吃肉。吃肉。吃肉
伤痕累累
血流如注

所谓兵不血刃、百步穿杨
都是传说。冷兵器时代
哪有不沾血的手
却被现代武器轻易实现

死亡

我宁愿相信
每一块墓碑
都是路标
指向死者生前未曾到达
却渴望抵达的地方

把生
这件外套
脱下。一丝不挂
不只是衣裳，不只是世界
比裸体还要干净

灵魂

每一个柔软的肉身
都是一座坚不可摧的牢笼
终身监禁着灵魂

就像每一朵花都用蜜
和色，囚禁着一只
仅属于它的蝴蝶

并非每个鸟笼都能养活
一只会歌唱的黄雀
很多肉身很空，藏着魔鬼

简单死亡

因为不相信是真的，所以向每个人转述
同一消息都要重复三遍
因为不相信是真的，所以每个听到的人
都要求转述者重述三遍

因感冒，转肺炎，再转肺积水。死了
80 后，才 30 几岁。去年刚生的孩子
精精壮壮的小伙子，没想到死于感冒
前段时间见着他还活蹦乱跳，像匹豹

算抚恤金、补助、一次性补发工资和其他
是否可申请工伤、保险，退还年金、公积金
谁也不清楚一场车祸、事故、小病，要命
草民的简单死亡，只有亲人还记得他的名字

噩梦

一
口
深
井
深不见底
一
滴
水
迅速沉沦
既
找
不
到
边
际
也找不到底

自杀者

所有活着的都在想方设法
拼命折腾着做强做大
逐利争名
唯有自杀者不走常规
不按常理出牌，把自己折叠起来
拼命塞进一个小方盒
所有的有机质都可以燃烧
所有的水分都可以蒸发
唯剩没有灵魂的无机质
无处逃遁，守着最后的家
自杀者自杀无须理由
所有的谋杀都存在动机
自杀者往往欠世界
一个真实的可以理解的理由

过客

按习惯
按经典力学的逻辑安排
运动是相对的
除了光，除了时光
格兰瑟姆的初恋和婚姻
不听从艾萨克 · 牛顿爵士的指挥
光速是恒定的，宇宙常数
光是最快的，无须参照系
光只从光源处出发
拒绝回头，除非存在虫洞
除非强大的引力场造成的扭曲

有了参照物
就产生了距离和速度
比如你，安妮 · 斯托勒小姐
比如故乡和童年
这么多年
我要么是在高速飞，离你
越走越远，留在身后的是
一帧因蒸发而日异模糊的背影
我要么是在高速奔向你
因为重新修缮好的祖坟里
还埋着一段又一段腐烂的时光

你和我，都是过客
都将被焚烧
或掩埋
像那些落叶，遗忘
与记忆一起在逐步消散
不会有任何一只蚂蚁
会在一场雨里
重新叼住任何一点细节

在山顶

站在令人垂涎的高度
将方圆最大的海拔踩在脚下
就像站在一只蚂蚁的头顶
就会看到云
看到更远的山河
会看得更远
看到前世和来生
会发现以往的仰视和伟大
都很小。这么高的锐利
却仍然看不到海
山顶如剑尖
丁点大的地方
承载太多的欲望和幻想
再没有阶梯可上
再也没有楼可攀爬
再往上，是虚无
将失去脚下的坚实
再往前，是堕落和下坡
将失去现有的高度
又会有多少梦想为了更高的峰顶
进行迂回？无路可走
的险境。人们趋之若鹜
以为无限风光在险峰

以为没有高度的地方就没有风景
站在低处的总没法理解
为什么有那么多不可思议都从这里
纵
身
跳
下
没人会理解
在山顶
已永远失去了深度
因而会时常回忆
在路上的时光

忽然

忽然感觉好像置身沙漠
发现水才是至关重要的
忽然感觉好像置身太空
发现空气才是至关重要的
忽然感觉好像置身海洋
发现陆地才是至关重要的
忽然感觉好像置身极地
发现温度才是至关重要的
忽然感觉好像置身黑夜
发现萤火和星光才是至关重要的
忽然感觉好像置身喧嚣和浮躁
发现山林寂静如此让人留恋
忽然感觉好像深陷囹圄和困境
发现自由和侠义如此可贵
忽然感觉好像在冲锋陷阵
发现和平多么珍贵
忽然感觉好像被穷困绑架
发现金钱和权势并非全都面目可憎
忽然感觉好像濒临死亡
发现青春和爱情无限美好
游弋的鱼感受不到水
空中翱翔的鹰感受不到风
春天无须刻意去赞美一朵花

冬天无须刻意去欣赏一把火
健康的时候我们忽略了病魔
幸福的时候我们忽略了时间
拥有时我们忽略了珍惜
拽在手心的我们拼命挥霍
忽然，就是一支百步穿杨的箭
一枚上膛的子弹
百发百中
早早地埋伏在周边
出其不意地命中心脏

在逆境中前行

当屈原被驱逐的时候
当贾谊被谪贬的时候
当韩信钻人裤裆的时候
当司马迁被阉割的时候
当陶渊明被要求弯下脊背骨的时候
当李白被要求写艳诗歌功颂德的时候
这是爬坡上坎的时候
这是顶风逆行的时候
这是泥泞中跋涉的时候
这是黑暗中摸索的时候
这是苦其心志的时候
这是劳其筋骨的时候
这是饿其体肤的时候
这是空乏其身的时候
这是行拂乱其所为的时候
这是动心忍性，增益其所不能的时候
这是天将降大任于斯人的时候
这是刘备种菜的时候
这是林冲夜奔的时候
这是秦琼卖马的时候
这是孔子累累如丧家之狗的时候
这是惠能南逃的时候
这是基督被钉在十字架上的时候

人生如寄

梅花驿寄，尺素鱼传
对于早已深陷都市庸碌的我
似乎过于古典、浪漫和繁复

请别发 E-mail，网络过于简单
请仍然按传统方式直接写信给我
肉麻情话和温度亲笔手书在纸上

把种子寄我，我将种在土里
提炼水和阳光的柔日夜利诱威逼
让每粒裹着硬壳的梦想都背叛出绿芽

把春天和相思打包托运
拆封
倒出来的全是布谷鸟的叫声

孤独和痛苦的时候
请快递一场绵绵不断的细雨
或一场突如其来的鹅毛大雪

给我酒，我将用酒泡软心中每一块血瘀
一直在烦劳你寄这寄那。万万没想到
你早早就把我独自投递出来

很多诗人都受不了煎熬
纷纷早早离去，比如海子
唯有我还在这里痴痴坚守

人生苦短。临时停车。我总担心
当上帝真的决定把你寄来
我若不在，谁来拆封，揽你入怀

与你重逢

你个龟儿子的李龟年
这么多年，音讯杳无
既不发 E-mail，也不上 QQ
连崔九，也没存你的手机号码
即便过节拜年
也没法相互发个微信红钱

岐王搜遍长安，也找寻不见
这些年，江湖仗剑，流落民间
你也不上电视节目，隐居哪山哪涧
究竟要逃避到哪天
欺世无英雄，居然让李宇春突然红艳
杨玉环也叹，世道已不同当年

江南，风景正好，细雨恰如思念
落花时节，雪在化，鸭在飞
不是旧容颜。来一盘麻婆豆腐
温两壶好酒，我是杜甫
喝，李白正打的从东城赶来买单
今天，世界和人类问题暂搁一边

另一种宿命

扣动扳机
灵魂在河的对面
应声倒下
像站在树杈上的秋天
把黑夜
紧紧裹在身上取暖
的那只鸟
像一片正在飘落的枯叶
对此说法
很多人嗤之以鼻
根据经验
对小概率事件
我往往深信不疑

从今天起

从今天起，不等明天
我将与河蟹同眠
让迷恋香草美人的屈原
沿着湘江北岸继续高速裸奔

我将锉掉身上所有的凸起
和脸上的青春痣
让身体里囚禁的大海
抵御月亮的引诱，不再潮汐

我将大面积吞食黄昏
黄昏是甜的，犹如止咳糖浆
让黑夜在灯光的虚幻里
像泡在水中的黄豆芽，旺盛地复活

我将唤醒巫师的符咒
让山鬼强制性驱赶
迷失在异乡的游魂
翻山越岭，磨秃他们的脚趾

我将像削梨一样，剥光黎明的衣裳
死亡如此禁不住推敲

我将一次又一次对自己的无耻
和怯懦，感到愤怒和忧伤

没人真正意识到
每一扇窗子都是一面镜子
穿透玻璃张望远方，看到的
其实都是身后的幻影，没人转身

如果你的眼里仍然噙满泪水
我将陪同你和布谷鸟一同哭泣
我将把我的血涂抹在天上
让人们分辨不清日暮和朝阳

我将设法让爱再次葬身火海
我将让世界感到震颤和害怕
我将唤醒他们所不敢唤醒的
我将焚烧他们所不愿焚烧的

第二辑

蚂蚁的吼叫

我的黑夜我负责

夜其实是白天被烧焦烤煳的那部分
夜其实是花盆捧出的一捧油绿的土
夜其实是从巫师身上滑落那件披风
夜其实是做乌饭时枫香树叶流的血
夜其实是结在相思树上的一把黑莓
夜其实是二胡拉出不肯断裂的哽咽
夜其实是乌鸦梳落的一根青春毛发
夜其实是你嘴角上那粒熟透的黑痣
夜其实是床单上那团洗不净的污渍
夜其实是穿在脚上历经磨难的旧靴
夜其实是煎熬在砂锅里的一副中药
夜其实是至今仍刺伤舌底的一种苦
夜其实是一本厚重的精装书的封面
夜其实是一支蘸满浓浓墨汁的毛笔
夜其实是宣纸上的一片似是而非的泼墨
夜其实是深海底被水压强榨干了的寂静
夜其实是地壳里被囚禁并密谋起义的热焰
夜其实是一具棺材，里面装满流星的尸体
夜其实是一扇白日穿越到另一个白日的门

黑是一种提炼浓缩的灰
黑是一种种族灭绝的白
黑是一种滤尽缤纷的纯

黑是一种凝滞沉淀的重
黑是一种压实锻打的趣
面对虚华，黑也许只是一种犹豫
面对狂欢，黑也许只是一种忧郁
面对歌曲，黑也许只是一段旋律
面对唐诗，黑也许只是一幕喜剧
面对屈原，黑也许只是一朵野菊

因为有月光，狐和妖纷纷离家出走
因为有了电，赶夜路的不再只是萤
因为有了火，禽兽远遁而飞蛾来投
因为有了灯，城市开始失眠和梦游
因为有了你，我的夜从此不再黑暗

凤凰与鱼

那些烧焦翅膀的凤凰
不愿意再把骨头当柴
眼睁睁看着火焰在风雨中熄灭
拒绝重生拒绝传奇也拒绝永恒
不讲规矩的凤凰被带到上帝面前
上帝裁决：这是阴谋和背叛
这是给上天故意创造的麻烦和难题

那只长期潜伏和躲藏在水底的鱼
因泉涸或竭泽，裸露在空气里和烈日下
拒绝再向同伴吐口水，开始腐烂
愿意眼睁睁看着同伴在身边绝望地死去
愿意待同伴死去的瞬间同时安静地殉情
固执地维护最后一点死的尊严
兑现往昔在水中的约定和承诺

一只从此不愿永生的鸟，开始感到饥饿
一只不再逃避死亡的鱼，从此拒绝挣扎

一只鸟儿，一只饥饿的鸟
不任羽毛漂亮，或不漂亮
一只可以逃避飞禽宿命的凤凰仍然是一只鸟
一只神鸟在放弃燃烧特权时同样会感到饥饿

为了生存，择木而栖的凤凰
会不会也一改初衷，成全一对鱼的传奇
叨食一对渴望殉情而死的鱼，然后独自等待
等待死亡
这是一个问题，一个鸟问题
同时也是一个鱼问题，我想

但我不知道千年之前鸟是如何想的
我也不知道千年之后鱼是如何想的

我不相信

我宁愿相信天会荒地会老
我宁愿相信海会枯石会烂
我宁愿相信冬天的雷夏天的雪
我宁愿相信天空会飞满长着翅膀的鱼
我宁愿相信昆仑山巅住着一群不死鸟
我宁愿相信天堂有仙女不知疲倦地日夜跳舞
我宁愿相信地狱烈火炙烤着串成串的哀愁和悔恨
但我不相信这个人会突如其来地逝去
我不相信灵魂会骑着脱缰的战马找不到归途
我不相信梦的帆船会折断了桅杆迷失了方向

一个人的逝去，就如灯灭
一个人的逝去，就如花谢
一个人的逝去，就如一阵寒风吹过
一个人的逝去，就如一颗星辰陨落
这个人的突然逝去，就如一场近地的 8 级地震
这个人的突然逝去，就如一场吞没堤岸的海啸

但这都是真的，这个人已悄然离世
这个人的梦戛然而止，梦的温度还挂在树上
而所有的人都在他的梦完结之时深陷迷梦
所有的人都和我一样无法超越和超脱
不相信这个人已离去

化作一缕青烟，化为一捧泥土
突然找不到现实和梦境的分界
突然分不清存在和虚无的疆界
突然辨认不了生与死的门和墙
隔着河，隔着空气
隔着未来，也隔着时空
我宁愿相信我以往不相信的
我宁愿不相信我以往相信的

河枯

即使仍在流动
河水纷纷腐烂

拒绝腐烂的骨头
像落叶。沉落河床
沉睡，并开始做梦
以为这样就可以躲过
时间的挑衅和折磨
以为就此千年不朽

但如此长年经受烈日暴晒
刻意躲避某种液体的雕刻
如何禁得住
下一次洪峰的淹没

碎裂未免不是一种宿命
痛苦或许是另一种幸福
只有像经提炼的铀
或像一枚授精的卵
石头裂变成一堆砂子

再坚硬的圆滑。只有
经历某种锥心刺骨的疼
心如止水时
兴许才能抵达大海

如灯的笑

你的笑。如灯
如黑夜里的路灯
拒绝黑夜的拥抱

你的美。在风里
如一把燃烧的松明火
宁愿焚毁。拒绝熄灭

海被月亮割下一角
塞进大地的子宫里
雨周期性淋湿岩上的映山红

杨柳辛苦。收集储存了
一冬天的雪。酿成了花
春天绽放。混淆季节

记忆已锈迹斑斑
冬天已逝。再冷
也不过是一次倒春寒

人生如戏

其实人生就如电影胶片
每秒 24 帧照片
匀速连续播放。一切正常

超过 24 帧是慢镜头
不到 24 帧是快镜头
痛苦的日子往往很慢很难熬
快乐的时间往往很快很短暂

真正问题不是这些，而在于
究竟谁导演拍摄了我们
究竟谁如此有热忱地放映我们
究竟谁如此有耐心地观看我们
究竟谁像鱼，记忆只有七秒

柔软里的坚硬

我觉得，这枫林就是诗人
李白。一场秋雨
终于把他灌醉，一脸酒气

我相信，每一座山
都是一座坟
里面都埋着一个神

面对枫，我愿意是一艘
沉没在红色海洋里的船
固执地寻找远航的方向

面对水，我愿意是山
是岛，是礁石
是柔软里的那点坚硬

月光和灯影里，我用镰刀
从脚踝将影子切下
灵魂从此在黑夜里到处流浪

假象

心是桃核。核之外
是肉体和欲望。肉体之外
是香艳和衣裳。衣裳之外
是风和阳光。风之外
是黑夜和白天。时间之外
有苦有甜。镜子之外
是白发和容颜
真之外是你的谎言
像盐酸，腐蚀着流年

佛说，即使五百年后
眼耳鼻舌身意仍然是无
即使五百年后
色声香味触法仍然是空
固执如我，深陷轮回
执意要种下那粒桃核
种下那苦厄根由
固执地坚信五百年后的春天
重开一片桃花，待你
并勒令你改姓陶刘

地海

从天而降的，是雨是雪是霜是刀子是信念
从地底涌出的，是泉是暗流是岩浆是地火
含在嘴里的，是酒是水是茶是咖啡是饮料是口号
排泄出身外的，是泪是汗是尿是屎是呕吐物是血

即便太行山、王屋山被愚公成功倾倒进大海
让岛礁长出獠牙，死死咬住初升的太阳
即便精卫长年累月坚持一种痴心和妄想。辽阔仍在
苍茫仍在。不用生火和加柴，海照样沸腾滚烫

天亮了，不是因为点燃一只火把，召集一把萤虫
天黑了，不是因为火灭了，是因为太阳躲到
地球的背面，照耀美国。剑指长空，无冤无仇
以爱情的名义，挑衅，决斗，拼一个你死我活

骨头未老，心已红叶，发成雪。谁是夸父的后代
青春烧尽，很可能留不下任何舍利和痕迹
很可能仍然是一堆虱子和灰烬
热血烧沸，很可能仍然是一次眼球垃圾填埋

无非火。我们不缺星星和柴，我们还有油和核弹
无非酒。我们不缺豪情和热血，窑藏多年的盛唐
无非水。我们仍然需要柔情和月光，蒸馏的宋词

无非海。江湖，不是官场。不是群殴黑社会

冷，并非没有抱团，而是离太阳太远，离地核太远
悬在空中的浮萍，游在水里的风筝，问题真正在哪
热，并非因为盛夏已到来，而是各自围着火炉
喝着自酿的酒，自怜自爱，自演自唱，自我欣赏

船说

如果船的根真的是水
那么停泊的时候
缆索是什么，锚又是什么

如果船是浮萍，注定居无定所
那么漂泊的时候
帆是不是船的手，桨是不是船的脚

岸是坟场，所有的搁浅都是一次焚毁
变身仿古家具的只是骨骸，血肉腐烂
船都是侠，活着就得浪迹天涯

四海为家。停泊处，从来只是旅店
风起时，帆一片云，一片翱翔的翅膀
是独孤氏刺穿沧海的一剑，太阳流血

如果月亮是一艘永不沉没的
航空母舰。穿越古今， 是什么让她
坠入情网，从不远航

时间如珠，串成手串。台风海啸过后
水面上漂浮着的碎片
不是船的梦想，而是我的万点传说

画壶

曾祖父信佛，菩萨心肠，铁拐李的葫芦
传承几世，到他手里，又悬挂了几十年
鲁迅问：悬壶？葫芦里究竟卖的什么药
当即哑口，无言以对，屠呦呦尚未出生

外曾祖父酒量吓人，十里八乡放倒无数
整日邀李白躲在酒壶里。你斟一口太阳
我酌一口月亮。烂醉如泥，滔滔不绝
谪仙吐的全是诗，他放的全是屁

祖父吸食鸦片，珍爱鼻烟，不珍爱身体
家道中落，声色犬马，醉生梦死
终日惶惶在京剧相声中沉溺，死于鼻癌
传家是一只精致内画鼻烟壶，碎于文革

父亲不懂中医，喝酒过敏，婉拒抽烟
不赌不嫖不毒不旅游不读书不音乐不绘画
只爱喝茶。一只紫砂壶摸得油亮，像古董
原以为会传给我，老年痴呆，去年失手打碎

如今家中已无剑，也无壶，哪管谁是孙仲谋

心中长满野草和菊花，肚里无酒，无识无书
登高远望，满眼尽是江湖
把栏杆拍遍，人生尽是沉浮

懂得

曾经以为自己懂得水
却发现辜负了山
曾经以为自己懂得月亮
却发现辜负了太阳
曾经以为自己懂得爱情
却发现辜负了远方
曾经以为自己懂得生命
却发现辜负了健康
曾经以为自己懂得金钱
却发现辜负了理想
曾经以为自己懂得灵魂
却发现辜负了时尚
曾经以为自己懂得幸福
却发现辜负了惆怅
曾经以为自己懂得苦难
却发现辜负了忧伤
曾经以为自己懂得李白
却发现辜负了陈子昂
曾经以为自己懂得侠义
却发现辜负了梁山
曾经以为自己懂得政治

却发现辜负了老庄
曾经以为自己懂得光明
却发现辜负了黑暗
曾经以为自己懂得正义
却发现辜负了反抗
曾经以为自己懂得自由
却发现辜负了颓唐
曾经以为自己懂得科学
却发现辜负了信仰

我站在这河岸
看时间哗哗流淌
心中仍然充满幻想和期望
看船，把夕阳
从清晨渡到傍晚
看月牙，把梦
从黑夜举至天亮

家的方向

江南有太多的雨水和湿气
有太多让人魂牵梦萦的女子
所有的楼台都在玩古典游戏
迷失在厚厚的雾里，水墨宣纸
月亮每次都在渡口失足沦陷
却又找不到可以放弃流浪的理由
渔夫再也没找到进入桃花源的入口
晒干梦想，熏成随时可以咀嚼的腊肉

醉得一塌糊涂的李白
一再误了约期
让崔颢在黄鹤楼上独自狂饮
再往南就是湖南。湖南再往南
是岭南。岭南再往南就是海南
山崖上开满野花的时候
杜鹃把耳膜逐个啄穿
让每只耳朵都听不见呼喊

梅花快递到手里时，只剩枯枝
鱼肚子里的情书
已快被胃酸腐蚀干净，字迹模糊
像一首晦涩难懂的现代诗歌

好个高邮才子秦少游
把一条干干净净的郴江
婉约得如此曲折
一条时常便秘的肠子

从此，苏东坡也收敛了豪放
即便到了海南，学会了忧伤
不再写诗，只吃荔枝
拒绝指认家的方向

有一种缘叫相见恨晚

别跟我说缘
缘就是狗尾巴草满地爬着走
别说有缘
那是贾宝玉挂在脖颈上的石头
别说无缘
沙漠里的海市蜃楼
别说姻缘
幻化成月老手里难剪断的红绞索
别说孽缘
一朵佛前千年修炼成妖的曼陀罗
别说缘尽
那是采满野果的红肚兜
别说再续前缘
心里早打翻了一锅热粥

只有李商隐还在感叹：相见时难
只有陆放翁还在痛哭：一错再错
伯牙焚琴，只因子期妈妈被人穿越
提前谋杀
林逋煮鹤，只因梅花落尽素贞不来
西湖干涸
卡夫卡的遗嘱已经被背叛
佩索阿的诗歌被反复吟唱

你不来，我不老。纯粹是胡说八道
夕阳西下
青山在
水到潇湘
灞桥柳新
万古不变的仍然是人生长恨水长东
且把酒尽数端上来，管他南北西东
一醉方休，与尔同销万古愁

味道

口腔溃疡，牙龈肿胀，舌头麻痹
声音含糊，吐词不清。是否来点白药
躲避辣椒，躲避烧烤，躲避盐
躲避疼痛。躲避时间的追捕
躲避忧伤的腐蚀和贿赂
中医诊断：维生素缺乏
西医诊断：上火。肝火过旺
五脏六腑早已烧成一片火海
消防队是否已经在赶来的路上
警已报。烧成灰烬之前
是否还是应该采取措施先自我救援

味蕾罢工，没有味觉
已分不清鱼与熊掌的区别
已分不清茶与鸡汤的区别
已分不清现实与虚拟空间的区别
已分不清生与死的区别
已分不清你与我的区别
但当乡村的夜晚降临时
小心翼翼切下一片月光
含在嘴里，咀嚼，淡淡的回甜
有一丝不易察觉的涩和苦
那是岁月的味道，童年重新生根发芽

束缚

水是鱼的束缚，鱼并不知道
天是鹰的束缚，鹰并不知道
森林是树的束缚，树并不知道
社会是人的束缚，人知不知道

空间是存在的束缚，存在并不知道
时间是历史的束缚，历史并不知道
爱是永恒的束缚，永恒并不知道
你是我的束缚，我知不知道

线是风筝的束缚
黑夜是灯的束缚
阳光和水是生命的束缚
肉体是灵魂的束缚

鲲一旦挣脱束缚，一发怒就转化为鹏鸟
鹏一旦挣脱束缚，一发怒就腾空飞走
人一旦挣脱束缚，一发怒就开始寻找自由
我一旦挣脱束缚，一发怒为何却永陷哀愁

模糊的容颜

每隔一年，时间
就在你我之间
增加一块透明的玻璃
透视度很高。千山之外
也能让我看得见你的脸
却越来越看不清你的容颜

怀揣黑白照片，在江湖里东奔西颠
渡过万水，故乡仍然是原点
越来越远。初恋，是青春的祭奠
永恒地供在岁月的圣殿
像佛手里拈着的
那朵永不会凋谢的红颜

钉子

太阳是枚钉子
把白昼钉在天空上

千年老树是枚钉子
把山钉在大地上

鸭子是枚钉子
把春天钉在解冻的河面上

爱情是枚钉子
把追忆都钉在褪色的壁板上

每个人都是一枚钉子
把故乡钉在地图上

美女都是钉子
被钉进每个登徒子好色的眼睛

男人更是钉子
恨不得把自己钉进每个情人的身体

孩子，你也是枚钉子
把我和一个女人死死摁在家里

墨痕

一团试图突围的夜
正在被昼围剿

一堆被点燃的木炭
被白雪困扰

一块铁的沉重
被很多透明的手托出水面

遗留在旧床单上
那片洗不净的春天

白瓷杯子里，等待沸水
一包撕开了的速溶咖啡

一段擦拭不去的记忆
越看越模糊，越看越像画

被时间之剑刺穿
伤口旁凝固的一摊瘀血

我内心积淀的阴暗
被你用温暖扫进撮箕

你眼睛里绕不开的那枚黑洞
吞噬着我的今生和所有辉煌

燃烧轮廓

黑夜的轮廓焚烧殆尽
一枚酱紫色的茶叶蛋
被黎明轻轻磕破

太阳升起来了
一粒半生不熟的蛋黄
公鸡跳到篱笆上激烈地抗议

风试图扑灭这场火
事与愿违，风是火的卧底
燎原到山，山上开满杜鹃

燎原到水，半江血红
如新娘刚穿上身的嫁衣裳
另一半也不学好，拼命嘚瑟

肉体烧尽，留下舍利的是佛
卸下伪装，袒露灵魂的是圣
把心取出放在你手里的，是我

世间物象

被围困在镜中的青春和过往
一张老照片。时间是滴硫酸
底片已被烤得焦黄

都被困在当下和现在
手指无法触摸过去和未来
心如一朵兰花在溪边静开

你被困在梦里
潜在水底，即便溺死
也不浮出湖面，寂如水滴

一尾鱼拒绝我的人工呼吸
却非要让我重立誓言
平行宇宙漂来的呓语碎片

既然兑现不了约定
是否非得罚我再等三世
除了放浪，我还拥有什么

无用的考验，无非轮回
对于这世间万物
我始终心存疑惑

亲爱的，请原谅
我将月亮的背面刻意隐藏
一些我们无须捕捉的蝴蝶

梦呓

痴人在梦里说的话
你也信。你就是傻瓜
你还全都信。你要么是信徒
要么仍然是无可救药的十足傻瓜
患忧郁症的杞人天天担心天地崩塌
后人只把他当一个传说和笑话
热衷看美国灾难大片。却没人愿意
对他的问题做科学的正面回答

皇帝穿得一丝不挂
最当不得真的是孩子的话
不谙世事，没有什么患得患失的埃尘
骗子设下的华美圈套和陷阱
针对的是满怀功利的皇帝和大臣
从来无须抬头仰望星辰
背地里天天烧香礼佛，保佑前程
心底里却从来不相信世上会有妖怪和神灵

你在拼命升官捞钱，诗人却在吟唱春天
文字多是鬼打架，说花朵是树点燃的火焰
看不明白，多像是精神病患者的自语自言
若真的是火，为何偏偏看不到一丝烟

黑暗中的闪电怎么会是一只海燕
整治天下和涤荡江湖为何不能全依仗剑
唐诗万丈光焰，为何不允宋词细雨缠绵
理性固然重要，但也应包容几个楚人狂癫

表面现象

湘西一带，对待水果
其实很暴力
比如：杀西瓜、杀柚子
从来不像后来
学有文化有教养城里人
的样子，文绉绉地说
切西瓜、剥柚子

红辣椒剁碎，塞进坛子
像血。腌。既酸又辣
用时间来软化原有的生猛
掏出来做菜，或佐菜
湖南名菜剁椒鱼头就很受青睐
湘妹子就像剁辣子，不管爱恨
骂人都喜欢说：剁脑壳的

圆咕隆咚的柚子和西瓜
都很像人的脑袋。不划开皮
不知道柚子心是一瓣一瓣的
不知道西瓜是生还是熟或熟得太过
时间沉淀在语言表面的幽默
砍头虽然已稀少，但很多字像蛙
深藏在口里，时不时就蹦了出来

地球已被城市霸占

背负着重病缠身的地球
在宇宙间踯躅行走
蓝色星球，曾经满重载
古人蓝色的郁愁
如今满眼燃烧着黑色的怒和忧
身后泥泞，是水在烧，血在流

脚步何以如此沉重而蹒跚
头顶和脸孔发满痘和疮
是豆芽。是骨质增生。是毒瘤
卡住喉咙的鱼骨。是烟囱和高楼
像一只受了惊吓的刺猬
剑拔弩张，蜷曲成了球

天上的星星都是野莓
尚未成熟，就已被采摘
不知是因为遮蔽，还是霾
高压线，或现代交通网线
地面上改种的各种藤萝
开满了的灯盏和现代

江河湖海蒸发殆尽。像火星
荒凉。外太空正在加速膨胀

飞机、高铁和汽车把空间压缩
网络、手机和微信将时间穿梭
戴上防毒面具，将玩脏的皮球洗净
切除癌，还地球一个本来和未来

红颜

要想成为祸水
需要多少年的修炼

要想成为知己
需要多大的机缘

要想避免命薄
需要内心多坚硬和情绝

舍得三千年的道行
即便逢着一个不爱江山的帝王

拼却几世几劫轮回苦难
也只为你投怀送抱生娃同床

顾忌不了身前身后美誉骂名
也为那冲冠一怒的洗衣做饭

你若是商纣王，我就是妲己
你若是周幽王，我就是褒姒
你若是西楚霸王，我就是虞姬
你若是唐明皇，我就是杨贵妃
你若是南唐后主，我就是大周后

你若是周瑜，我就是小乔
你若是吴三桂，我就是陈圆圆
你若是贾宝玉，我就是林黛玉
你若是张生，我就是崔莺莺
你若是柳梦梅，我就是杜丽娘
你若是西门庆，我就是潘金莲
你若是牛郎，我就是织女
你若是许仙，我就是白蛇
别跟我讲什么道德伦常
别跟我标榜什么贞节牌坊
和我就是没有什么道理可讲
如果一定要说我是红颜
期望你就是我的蓝颜
不管什么时间，什么地点
不管什么戒律清规，什么沟坎界限
你一定得按前世约定，快马加鞭
乘着光速航天器，追上我的癫
立即出现在我的面前

江湖在漂

江河滔滔，日夜不休
湖面潇潇，拨撩情愁
小船还在水上飘摇

又酩酊。几回是真醉
几回又是真醒
脚跟被山咬得四处奔逃

一直在漂，四海问道
寻找世间一种并不存在的逍遥
以为天空的辽阔就等英雄游翱

也常忆往昔年少，青杏尚小
月圆花好，男豪女娇
项王拒绝生锈的丈八蛇矛

剑若出鞘，奇门绝招
泰山撼倒，也敢把梁王枪挑
根本不信什么歪门邪道

年年芳草，喜那繁华与热闹
积攒那些拼吵和喧嚣
时光催老，可当柴烧，拿来炫耀

漂不动时，索性停下
像一枚沉水的锚
树梢上的冬枣，重新开花的桃

心静，雪里仍可藏刀
也时常错将高楼当东皋
吼两声，以为舒啸

江山如此多娇
有多少可以任凭笑傲
有多少坎坷踏在脚下不再高

布谷鸟叫，万物在绕
唯漂不动时，才看清
地球仍在转，江湖仍在漂

第三辑

禅是一朵花

枯坐

枯坐。枯坐。枯坐
成不了佛也要枯坐
像风中的一棵梧桐

长期如此枯坐
是要一定修为的

禅即便是一粒种子
也不会结在树上

坐久了不妨抬起头来
不妨端起一杯热茶来
来回走走
看看窗外，或
看看门外

再起身看窗外时
天已黑
再起身看门外时
你来了

进门来的居然是你

无题

当我被阳光淋湿的时候
一股无名怒火
从地底喷涌而出
瞬间将树桩般站立的腿
烧成灰烬
手中的剑随之汩汩熔化
铁水淌下，如蜡烛流泪
一朵龇牙咧嘴的菊花
随即被突然催开
并卷曲着带钩的钢牙
死死咬住一只偶尔飞过的蝴蝶

掌心纹

出生即烙在手心的纹
是出生即已走完的路
既找不到出发的起点
也找不到最后的终点

终点无非是
一把红头发的火
和一缕黑头发的烟

经常握紧拳头
像拳击手
把掌手纹团在手心
就像团一张废纸
却找不到可以比拼的对手

击打时间
时间如棉。被纺成
一条剪不断理还乱的线
很多人在上面如履平地
走钢丝

命运似乎时刻都死死拽在手心
可为什么还有人拼命去扼魔鬼

的喉咙。抠胃里还没消化的骨头
深陷皮肤皱褶深陷肉里的纹路
今生无法更改。除非血和刀子

即便是通过历练能够得道的猴子
具有一个筋斗十万八千里的能力
也无法逃脱如来佛祖的手心
佛祖手心早已张着一张巨网
网水中自由的鱼
罗空中飞翔的雀

若能乘一粒光子遨游
光速兴许是一种魔水
用力一搓。污渍洗净
一双没有皱褶的手
一双人工智能的手
干干净净
不曾沾染任何血迹

谋杀一只蚊子

在这个孤寂闷热的南方的夏夜的床上
那女子在我梦里隐藏起来，无迹可寻
躲避我也躲避我淫邪的思想
我得承认我不是我期望中的那种正人君子
因为无所事事我变得有些郁闷和怨恨
变得有些多愁善感而昏昏欲睡

一只母蚊子，穿着暧昧的豹纹长筒袜
潜伏在我的蚊帐里
这肯定是一个预谋已久的决定
她没得到我应允就准备陪我过夜
这只蚊子不是娼妓，但很多情
这一夜她将让所有追求她的公蚊子在森林里失业

我很奇怪，一只蚊子何以能够在黑暗中从不迷路
她极准确地飞进我的耳朵，也不顾惜我神经衰弱
肆无忌惮地对着麦克风高分贝地歌唱
唱流行歌曲。像周杰伦，吐词很快
居然把中文唱得像鸟语
唱得居然没几个中国人能够听懂

我点亮灯，努力睁开我惺忪的睡眼
我感觉我的眼睛像趵突泉，冒着狼光和杀气

我决心刻意地创造一起血案，在这黑夜里
神不知鬼不觉地。因为今夜就只我在这里
虽然至今我连鸡都没杀过
我决心将这个事件弄得轰轰烈烈点

我发现洁白的蚊帐上滞停着一个黑点
像一朵黑云挤出的一滴泪，滴在百合的花瓣上
像一砚墨汁晒干后留在宣纸上的一抹叹息
其实那只是一只吸饱血飞不动了的蚊子
我啪的一下，极其准确地将她谋杀在蚊帐上
没想到谋杀竟然也如此简单而轻而易举
蚊帐上马上盛开出一朵殷红的玫瑰

一朵玫瑰即使枯萎也是一份难得的记忆
那是我的杰作
蚊子为这一行为艺术奉献了她的生命
而血却是我的，曾经流过我的心脏

望着蚊帐上那块蚊子血
就像望着夜空上挂着的一枚虚幻的红月亮
我哈哈大笑，我想明天也许会有雨
在笑声中我发现我脸上一团红肿
那是嗜血成性的蚊子留在我脸上的印记
我想抹抹药用不着几天什么也不会留下
我想蚊子最厉害的武器也许是她的嘴和嘴唇
她也许不想让我忘记她
但她不知道其实我不是一个太喜欢怀旧的人

从前有座庙

爱情其实是匹狼
饥肠辘辘
却挑剔食物
似凰。择木而栖

因为逃避
所以走进山林
割韭菜一样
剃尽头发

剃不尽是意念
头圆似满月。仍偶尔
会从晨钟暮鼓中抬眼
偷窥山路的尽头

欲念恰似春草
不是秃子
头发如豆芽
每夜都在梦里拼命生长

英雄不要问出处
寂寞也别问缘故
聚在叶尖和眼角

的晨露。是岁月
的甘露。碰不得呵
轻轻一碰
就会滴落

城里人

睡觉。吃饭。上班。吃饭。上班。吃饭。睡觉
一日三餐。早餐、午餐、晚餐。一餐不落
为了减肥，健康饮食，已取消夜宵。少盐少油

家。单位。家。总是两点一线。开车，或不开车
开车本图便捷。人人都这么想时，便常堵在了路上
堵时也抱怨，不如走路。既快，环保，还免费锻炼

每天工作 8 小时。上午工作，下午工作。偶尔加班
很忙碌。年终工作总结搜肠刮肚，总写得天花乱坠
但回头想想，为谁辛苦为谁忙，不知道究竟在忙啥

城里人有房。天天看着房价像乘着电梯。乐开了花
没房者，天天掐着房价的脖子。不见跌。后悔不迭
城里人住塔楼。高耸入云。做神仙。但仅霾而无云

用着 IP，玩着电脑，满脑子信息垃圾和网络八卦
追着时尚，赶着时髦，以为世界就踩在高跟鞋下
好不容易才在路边找到一个无产者，却是伪乞丐

日复一日，年复一年，在一条路上重复来回
只有时间在寻求变化。像一只蚱蜢在跳绳
远离乡村，远离土地，远离干净的水和空气

井底之蛙

德谟克利特说：真理藏在井底
其实井底哪有什么黄金和钻石
井底只有一只青蛙。被判无期
青蛙不是意象派诗歌，仍是
两栖动物。缺乏可供臆想的材料

一本小说排水量很大。奥尔罕·帕慕克的
浮力很大，从井底浮了上来
像发情青蛙的歌唱。一个待破解的谜
其实井底只有一具会叙述、会讲故事
会写回忆录的死尸。仅提供追凶线索

不是所有能捞起金球的青蛙
都是王子。不是所有的王子都被咒诅
不是所有的公主都可以化腐朽为神奇
不是所有的吻都巧遇会说人话的青蛙
不是所有童话的结局都很美好

一只青蛙身陷囹圄，就是囚徒
被井沿掐住脖子的天空。非常窒息
无法喊叫。但青蛙的生命力很顽强
仍苦苦保存着尼尔斯的梦想
骑鹅旅行，浪迹天涯

鸟虫论

早起的鸟儿有虫吃
早起的虫儿被鸟吃
所以问题的症结
不在于是否早起

而在于认清自己
究竟是鸟，还是虫
若是虫，不妨睡懒觉
益寿延年，躲灾避祸

自认为是鸟，或凤凰
鲲鹏展翅，择木而栖
要风得风，宏图大展
到头往往也不过一鸟人

自认为是蠕虫的
一事无成。一觉醒来
蜕化为蝶。居然意外拥有
一双鸟儿自由飞翔的翅膀

像泥土一样活着

像泥土一样活着
被反复踩在脚下
已感觉不到疼痛
努力把一条路扛在肩上

也曾是石头。坚硬而固执
风过。雨过。有鸟儿飞过
万年已过。为什么很多东西
会在突然之间苍老

会在突然之间粉碎成
一团见水就化的柔软
不再如从前
不再愤怒和冲动

已可以允许花草和树木
像毛发。在身体上生长
已可以允许蚯蚓和泥鳅
像寄生虫。在身体里打洞

于是活着像泥土一样

简单。一样没有特色
花开时，是春天的事
洪水来时，是雨的事

时间过往。仍在这里
当农人捧起宣称
“泥土并不肮脏”
肮脏的是远离土地的心灵

一只乌鸦

一只乌鸦不自量力
学凤凰
跳进火里洗浴

大难不死
将自己烧焦
被彻底抹黑

面对太阳
支撑神性的第三条腿
彻底焚毁

把自己烧成一节
会飞的木炭。失去知觉
感受不到任何疼痛

站在公园的一棵古柏上
学裘盛戎，吊嗓子
唱京剧，演包公铡美

聒噪是一种语言
像一首现代诗歌
无人能懂。除了你

咿咿呀呀一把沧桑
抓在手心
就像团揉一张卫生纸

人都改不了以貌取人的恶习
以为脸黑，心必定阴暗
以为皮肤黑必是非洲裔

以为邪恶必定来源于地狱
其实很多人忘记
乌鸦的故乡其实是太阳

指纹

一个箕一个斗
一双手十指头
几个箕几个斗
箕里是运
斗里是命

每个人的指纹都不同
每个人的指纹都终生不变
每个指头都埋伏着一条蚕
吐着丝吐着线
每个指尖上都结有前世的茧
都藏着一个今世化蝶的梦幻

那是指尖碰触指尖的刀光电闪
短路。曾直接把年少的你我
烧成重伤
指纹是前世留下的疤痕
居然当酒，狂饮孟婆汤
致使前尘和往事都遗忘

那是一枚石子
落在指心
击起的涟漪

一圈。一圈。又一圈。荡开
到今生都仍不曾消散

那是刻着个体图腾的私章
如古时在地契上按下的承诺
如古时在房契上按下的确认
如古时在卖身契上滴落的心伤

指纹是犯罪现场重要证据
在？还是不在？指纹为证
DNA 是深凹在血液里的印章阴文
指纹是凸起在指头上的印章阳文
指纹是一种失传的文字
只有街头的算命先生口口相传

前天，我到羊坊店派出所
取因遗失而补办的身份证
在指纹采集器上留下印迹
留下某种线索
我感觉就像给自己
又套了一副枷锁

虚掩的门

绝大多数时间
我都把门关得严严
密不透风，就像嘴
我已没法夜不闭户
这世界变得太快
强盗不甘挤聚梁山
骗子纷纷入室登堂

我偶尔也把门打开
或虚掩。留一条缝
大小足够你侧身
我总是担心今生
偶尔门口路过的你
缺乏足够的好奇
而被我错过

那一年 那一日

那一年
山依然很青
那一日
水突然不清

那一年
你还很年轻
那一日
我却突然苍老

爱，无关年龄

杨振宁与翁帆相差 54 岁
李敖与王小屯相差 30 岁
金庸与林乐怡相差 29 岁
梁思成与林洙相差 27 岁
孙中山与宋庆龄相差 27 岁
梁锦松与伏明霞相差 25 岁
鲁迅与许广平相差 17 岁
胡兰成张爱玲相差 14 岁

酒是陈的香，柴是干的烈
男的比女的居然都大这么多
而女人往往比男人长寿
当男人死后，女人却要
孤寂地活在这世上
活在厚重如山的记忆里
用全部的残年去思念
反复熨烫时间的皱折
想到这。我的内心
就止不住掀起惊涛骇浪

也有特例。比如唐明皇
比杨贵妃大 34 岁

后宫三千白肉堆起来
堆成一座喜马拉雅山
也不如一袭 38 岁的霓裳
风韵。已 71 岁的唐明皇
并不觉得残花败柳
并不嫌弃这二货老
缢死。与整个盛唐一同缢死
一朵怒火中烧的牡丹
终于被历史性地种在
马嵬坡的黑壤里

6 年后，唐明皇病逝
又 44 年后，白居易创作
让人吟咏至今的《长恨歌》

山上有座庙

山上有座庙
庙里有一个小和尚

草长莺飞，草张着牙
嚼碎草丛里的石头

寺庙占据山顶
离星辰就更近了

我努力站在高处
试图离你更远

终南山

这座山好空、好瘦
空得只剩下树木和花草
瘦得到处露着石头骨架

空得即使整个月亮砸下来
都溅不起半点音响
倒惊得几只山鸟
无缘由，扑扑棱棱飞翔

空得居然把王右丞的琴声
和浩大的叹息都装了进去
装得鼓鼓囊囊。若不是
有一个舍得乌纱的好弟弟
命都没了。政治就别玩了
政治比这山还空还虚

何岗兄，你从兰州早点出发吧
我从北京随后跟上。终南山上
还留着李白半块没啃完的月亮
我们比赛，看谁先啃一口

这山因听过《摩诘经》
被诗人点化，早就得道入定
所以你去时一定轻点
小心点。别因一朵花开
坏了这山的千年道行

天空

抬望眼，突然发现
天被太阳、月亮、星星和云朵
塞得满满

透过窗户望出去
街道被车辆、金钱、权力和欲望
堵得满满

中午，一只青蛙在我的腹中叫唤
我感到饥饿
因为我的肚子空空，长不出稻草

我的心突然很空。因为我发现
你朝我迎面走来。色即空
见到你时我发现天居然也很空阔

上味

酥酪醍醐，名为上味。

——摘于《楞严经》卷三

从牛性感而柔软的乳房
挤出的白色浆液
提炼出奶油
就是酪
加工成生酥
再通过发酵等手段
制成熟酥
再进一步制成醍醐

醍醐是一种食品
其实就是现代人用酸奶
或奶酪，制成的干酪
在古代
这是一种稀奇的美味
即便到清代
也是皇宫里的贵妃恩赐
宝玉特意留给袭人吃的东西

佛称：上味
即，天下味道的极致

悟道
或者顿悟的时候
茅塞顿开
就犹如品尝一块温润的奶酪

残缺

唯有老子做着别人不愿意做的事情
甘当拾荒老汉和垃圾大王
收集世人舍弃的破烂、旧物和残缺
统统扔进八卦炉里，用朝霞和夕阳
阴阳三昧真火，日夜焚烧。炼丹

残缺是一种美。比如世上公认最美的
女子，不是海伦和西施，是断臂的
维纳斯。为了美，可以受冻、节食
手术。但是没有女子
为了美，将自己手臂截断

水墨画里的留白，小说里的悬念
和空缺。抱残守缺是一种人生境界
有人欣赏，但真正身体力行的
要么超凡脱俗，要么是神经
都被这个不起眼的小老头炼成了经书

谁的佛端坐内心

手机铃声尖锐
一道闪电
锋利地将睡劈成两半
两眼一闭
是黑暗
两眼一睁
正午艳阳

暮鼓晨钟的佛堂
神龛上端坐着佛像
蒲团上敲木鱼唱经打坐的和尚
蝉鸣柳岸
蔷薇盛开的庙观
琉璃瓦红墙
烛火檀香熙熙攘攘

深藏内心的仍然是迷茫
如何明心
如何见性
如何悟
如何修身齐家治国平天下
如何才是真正的禅

指尖佛音

金婆罗花
将开未开的时候
只需一朵
你用纤细的手指轻轻拈着
安详地拈着
像拈着一段流水
静默地拈着
像拈着一段时光
没人看得出
你指尖暗中的力道凶猛
花被掐疼瞬间
的尖叫。没人听见
唯有我
被你误认为是迦叶的那个人
报以浅浅的微笑

第四辑

撒旦在黑夜独自跳着狐步

回眸百媚

那个回眸，像一枚印章的阴文
深深镌刻在历史的凹槽里
沾满血。洗不净

那个浅笑，像一枚重磅炮弹
直接将整座长安城的似锦繁华
炸得千疮百孔。粉碎如纸屑

那个笑声，像烧红的烙铁
烙下的疤痕就似患有风湿病的
旧唱片。每到雨季都隐隐地痛

那道闪电，就像浓硫酸
好一个小概率事件。却准确地
击穿或腐蚀掉一颗年轻的心脏

那 2 秒钟，像速冻剂
将一次亘古的怦然心动
迅速凝固成一座广场雕塑

像萤火虫，可以把夜
恶狠狠地燃烧成一粒星子

像一场突如其来的雪
把整个现实世界冻成童话
像嘴角的痣，秋天里的一抹
异乎寻常的绿。拒绝凋谢
像一首牙牙学语的歌谣
骄傲地挂在月牙上
蟋蟀拉二胡伴奏
蝈蝈盛情伴唱
像梅花，在冬季
固执地坚守一树芬芳

有一些瞬间，也许会花一生的时间
去反复折叠
有一些瞬间，也许会花一生的时间
去反复熨烫

担心褪色，所以把所有色彩过塑保存
担心长霉，所以拼命抚摸和擦拭记忆
担心干裂，所以试着用泪水润泡
担心皱纹，所以对着砧子拼命锤打
火冒三丈。我担心你的容颜苍老
所以一遍一遍扫描拷贝
像强迫症患者。仍担心像素不够
担心达不到未来的归档标准
禁不起岁月地翻阅和查找

因而我常想，当初
我为什么不能学白居易

写一首《长恨歌》，诅咒时间
当初，我为什么不能像李白
专门为你写几首能穿越时空的《清平调》
当初，我为什么不能学着躲在《诗经》后面
在涨潮的河畔，为你尽情吟唱

秋夜爬满你的山丘

今夜，我骑着白马
赶了八百里路程
风驰电掣
回到从前那座山丘
停歇。坐在小溪边。喝茶
或喝酒。听风吹树丛的声音
看一朵花在秋夜里
如何缓慢凋谢
捕捉草丛中星星坠落的碎屑
看夜色如水
看夜色像一只百足虫
如何翻山越岭
你的乳房是一座山峰
为什么今生无论我如何努力
都无法逾越。还有那夜

今夜，雪落无声

一支舞曲　古典得悠闲
如一只破茧羽化的白蝴蝶
憩在冬天的枯枝上　展翼
作欲飞状　等待风
风含在那位站在冬青树下
打着把小红伞
穿白裙子
不怕冷的女人
的红唇里
轻轻嚅吸　如夜

夜里　酒和狗肉把霓虹灯灌醉
许多毛茸茸的没见过阳光的手指
苍白而轻悄地敲我的窗玻璃
窗上水雾迷蒙　敲我的梦
梦里有片白色的羽毛
悠悠地飘荡
幽幽地落在我的床头
伏在耳畔　娓娓
告诉我在山那边的村庄里
刚发生过的
一个凄凉的童话故事

睡就睡死了吧
乘着黑夜的黑　闭上门
反正黑色的眼睛看不透
黑色的头发在镜中熊熊燃烧
悲哀这时就会乘虚而出　一下子
极浪漫地从笑容里滴答出来
絮状的寂寞　积淀
在门外的石阶上

听从我的劝告吧　朋友
在有雪的夜里
千万别出远门
除非　不得已
定要冒雪去遥远的路边
拾一朵白色的玫瑰

这些年过的生日

今年的生日
我在喝酒，独自一人
因喝酒我错过了一夜的月亮
有些醉时我就开始放声朗读
门和窗居然在朗读声中颤抖，但隔着墙
整座楼没人发现一个疯子周期性犯了病
一个人在独自读诗，读海子
读海子的麦地、马和女人

去年的生日
我也在喝酒，与朋友或者女人
因喝酒我错过了一夜的雨
有些醉时我们开始号啕和哭泣
把心当燃柴，围着取暖和抵御寒冷
撕心裂肺地歌唱和旁若无人地干吼
以为摇滚和后现代
缅怀那些远逝的或许声名狼藉的岁月

前年过生日
我喝甜甜或酸酸的饮料，因为妻子和孩子
她们为我点燃生日蜡烛，点亮一隅黑暗
孩子的一支蜡烛代表一岁，大人的代表十岁
我默默看着一支蜡烛的燃烧

就像看着十年光阴转眼化为灰烬
孩子为我切蛋糕，但我不吃
妻子和孩子却对蛋糕情有独钟，百吃不厌

少年时过生日
我不喝酒也不喝饮料，因为母亲
没有蛋糕也没有蜡烛
没有歌唱也没有诗歌
但有月亮相伴
有嫦娥和玉兔的故事相伴
没有月亮时，也有雨和雨声
以及灶火旁边的鬼故事相伴
梦想着浪迹天涯，骑龙而归

生日就像春花
每年都会盛开
但每次盛开方式都不一样，因为心境
也因为陪你过生日的人
以及过生日前已发生的和生日后必将发生的事
有的开完就谢
有的开花结果
有的却烟消云散
有的就像那枚燃尽的烟蒂
灼指尖的疼痛
突如一声流星划过夜空的尖叫

夜

打开瓶盖，轻碰
倾倒，墨汁四溢
墨汁足够多时，就如洪水
也许淹没一城，在宣纸上
或如美人的美，倾覆一国
但仅一瓶小小墨水的黑
或许只能抹黑我的天空

你是月亮，古人如此评价
你的前世和今生都如昙花
只盛开在夜里
只为撕裂黑幕和夜的衣裳
只为了照亮我
照亮我脚下的积雪
却照亮不了我内心的黑暗

我的眼睛炯炯，在夜里
像两只烧红的坩埚
一只煎熬时间
一只蒸馏青春
直至把世事和流俗，在锅底
浓缩为一掬苦涩和浓黑

夜被还原成小小的一瓶墨汁
或许可以涂你的红唇和指甲

人生的密码，或许都
早已镌刻在掌心纹上
伸手往空中拼命一抓
把空气紧攥成一拳头
以为抓住命运
以为扼住命运的喉咙
其实命运如水
早已从指缝悄悄溜走
掌心唯留下一张杂乱无章的网
网住一颗碎裂而无处可逃的心脏

一根火柴，从卖火柴小女孩手里
从安徒生的手里，借一根火柴
在这充满电子点火器具的时代
拥有一根可以点燃梦想的火柴
就可以点燃冬天里的温暖
就可以点燃夜空中的星星
就可以点燃黎明的云彩
或焚烧春天里的一片花海
让杜鹃站在火焰中重新歌唱

七夕

那时候过七夕
在乡村
我们都还小
我们不谈恋爱
我们还不懂爱情
爱情就像月亮
离我们很遥远

那时候过七夕
在夜里
花开了我们高兴
花谢了我们也并不忧伤
蝉开始静默
蛙和蟋蟀开始歌唱
萤火开始点亮田埂和山野

那时候过七夕
我们都很穷
我们都是乞丐
我们搬条板凳
坐在院子里
比眼力，对月穿针
乞巧祈福憧憬未来

如今，我们在城里
过七夕。都已长大
以为懂得爱情
其实仍然懵懂
但七夕已变成一个日子
属于年轻恋人们的节日
而我们都已不再年轻

很多事情我们原来不懂
至今仍然没有弄明白
对于七夕
城市显得过于隆重
因而我决心
制造一起惊世骇俗的事件
决心敞开喝一回

我将发出倡议
希望在七夕这一天
能喝的和不能喝的
年轻的和不年轻的
都端起酒杯
痛痛快快喝上一杯
大家齐心协力干一杯

呵。呵。当我们都醉了
当整个世界都醉了
这样多好，那该多好

整条银河都会被我们喝干
牛郎织女以及他们的孩子
就不用年年苦等，等今天
等待鹊桥架好，才能相见

相约今夜私奔

囚禁在庭院里的桂花树
乘夜潜逃。被月亮察觉
像捕捉从笼中窜出的花栗鼠
快如闪电，伸出手
被捏痛的桂花树
拼命尖叫，喷月亮
一脸口水，一手浓香

朱丽叶 · 琪夏尔蒂伯爵小姐
你也很香，你的身上
满是月亮的味道
你怎么也躲藏在
这穿着绣花鞋的阁楼上
学李清照，写宋词
我已不再是诗人，妹妹
我是贝多芬，我是罗密欧
今夜，你也不再是你
别让嫦娥仍旧孤独
请紧紧牵住我的手，朱丽叶
让我们一起乘着这夜色
沿着 1801 年就挖好的密道，出逃

梦之旅

我刻意地被一只蝴蝶梦见
因而我就是庄子
那个老婆死了仍鼓盆唱流行歌曲的疯子

我刻意地被一群蚂蚁梦见
因而我就是淳于棼
美梦被檀萝国掐灭的那个槐安国南柯郡太守

我刻意地被一块石头梦见
因而我就是白富帅美少年贾宝玉
那个靠吃胭脂长大，喝女人泪水解渴的懵懂男子

我刻意地被杜丽娘梦见
因而我就是柳梦梅
那个在梦里把纯情少女诱奸致死的在逃犯

我刻意地被女神梦见
因而我就是楚襄王
那个让宋玉见证曾与巫山神女做过爱的帝王

我的梦是一块纯度高达 99.99% 的黄金
很软。被刻意锤打成各种形状的首饰
扭曲。压缩。潜藏。省略和隐喻。病入膏肓

周公来过，望闻问切，阴阳五行，中医疗法
弗洛伊德来过，仪器和化验诊断，西医疗法
无非是扛把锄头，在我心脏上挖一个深坑
折腾出一个千疮百孔的论断
把暗藏心底的那条蚯蚓拖出
穿在月牙上，钓
一
段
愿
者
上
钩
出水时仍拼命蹦跶，扑腾，喊痛的时光

向着光明走去

如果我就是光明
我应该走向谁
如果我就是黑暗
是否应该寻求妥协

如果我是一只萤火虫
试图让人能够看见
是否我就应该永远卑微
并生活在黑夜里

如果我是一只蛾
为着书本和烛火里的爱情
刻意把自己装扮成凤凰
焚烧翅膀，誓死不渝

如果我是夸父
是否就应该追逐太阳
把我的死作为一份祭品
呈供在时间的坟头上

光明也许是一种幸福
但很可能也是一种坚硬

因为长期身处黑暗
才会向往和梦想走出黑暗

黑暗并不意味着就是地狱
黑暗并不总指向痛苦和悲伤
黑暗中飞翔的不只是蝙蝠
黑暗中盛开的花朵还有夜来香

黑暗是光明的故乡。白天与黑夜
其实是钢琴上错落排列的两种键
左手和右手，合奏出来的
不仅仅是舒伯特的小夜曲

黑夜

黑夜这个长发女巫
没人见过她的脸

将乱如麻的愁绪收拢
捋成缕，细细编织成
一条又粗又长的乌鞘辫子

腰身一扭，摔了出去
把身后整条街巷的灯
全都抽亮

非墨的黑

谁也没注意到。其实
那时候的非墨，很白
不像乡下人，满眼土渣
心存大志，要做个杀手
学刘邦，仗剑天涯
誓黑江湖和天下

很多年后，因晒太阳
物理化学反应强烈
已有点黑了。皮糙肉厚
洋洋得意之时，身陷囹圄
水一直都很深，腐蚀性很强
已被彻底淹没和洗白，像月亮

焰火

终因一次放纵
忘情的爱恋
黑夜怀孕了

爆米花一样
生了一大堆野孩子
散落满天的星辰

急死个人。怎么找
也寻不回。不愿归家的
欢乐，碎了一地

深处的美

窗外，只看见黑
一望无际的海
淹没在水中的楼
拼命挣扎的灯

那些寒，很轻
飘荡在路上
像某些花朵的碎片
无家可归

裸露在外的丑
像只打足气的球
被踢。像贼
东躲西藏

夜深人静的时候
目力所不及的地方
我的眼是池
蓄满泪水

没有你的拂晓

已习惯你在
没有你
我要么失眠
要么睡不稳当
尽做怪梦

今天拂晓
我梦见我们的孩子
花一样的女孩子
没有变成甲虫
居然长出了小鸡鸡

是我们原先就没注意
还是发生了基因突变
或者是我们的孩子
本身就是阴阳合体
好好的怎么就变成了男孩子

梦里，我决心一早
就带孩子上医院
做一次全面彻底的检查
然后，我就醒了
并吓出一身冷汗

静夜

一碗滤得很细腻的黑豆浆
淹没了整个书房
也淹没了我。灯如豆
总有些什么东西和我一样
拒绝粉碎，或融化
某种很固执的坚硬
下雨时，梦很潮湿，长着毛
月圆时，我的思念格外柔软
冬季，常常区分不清月光和霜
就像长久流浪在外的我
早已分辨不清故乡和他乡
分辨不清一碗浓浓
有点淡淡酸臭的豆汁里
是否潜藏着一种老北京的忧伤

我和影子在一起

每当她睡着，躺在床上
人在梦里犹如船在水里
猫就背着她
叼着她失眠的影子
扔在地铁的轨道上，谋杀
碾压千回，碾成薄片
碾得没有任何厚度和温度
碾得没有一点重量

然后，乘她醒来之前
将彻底变形的影子衔回
作为跟踪器
藏在她的裙底和身后
记录和监听她的行踪和话语
希望她再到那条小街时
不再习惯性迷路，早点回家
能够记得有只猫还在等她

对影

既然没有外人，那么就下令
让蟋蟀开始奏乐。在月光下
与影子尽情跳一曲奔腾的探戈

夜很黑，月亮很白
酒很黑，酒杯很白
影子很黑，我很白
一杯不够再饮一杯
一壶不够再上一壶
世上能有几个李白
花不开我就不败
天不亮我就不醉
春天不来我就拒绝死去和颓废

你不知道，我早与影子私订终身
携手百年。即便醉死
也会被我压在身下，肆意爱怜

死神一直在玩打地鼠游戏

每一个人都是一根桩
顶天立地。从出生到老迈
行走在地面上
死神一直在玩打地鼠游戏
用哀伤、疾病和灾难的榔头
一次又一次，敲击着我们
一次又一次侥幸
成功地东躲西藏
直到终于被打入地下，埋葬

梦的翅膀

如果没有翅膀
鸟儿如何飞翔
如果没有温暖
春天如何飞翔
如果没有土壤
植物如何生长
如果没有柔软
江河如何流淌
如果没有梦想
人类如何飞翔
如果心没有慌乱
花朵如何会开放
如果不能以梦为马
诗人如何腾空翱翔
如果没有你
黑夜仅仅只是黑夜
不会有光亮
我的梦仅仅是梦
只能是幻想
没有翅膀
爱情如何飞翔

梦影

沙滩上的鸳鸯
不懂事
顽皮地将黄昏的眼睛
啄瞎
月亮突然狂暴起来
将无辜的云一把撕裂
黑夜披着件破衣裳
像个乞丐

风显得诡诈。梦魇
害怕妖怪鬼狐
纷纷挤进屋子，用酒泡着
不会腐烂。寻求灯的庇护
到处爬满黑影。壁虎
偷偷干了丑事的花朵
学着张三影的模样
在庭院里，哭泣

想必明日落红
又将铺满山径
那是春天的血

窗外

全都是黑
墨鱼吐的口水
灯是侠
刺出的剑，穿心
夜的血
汪洋我的思念
笑声泛滥
淹没我穿透玻璃的目光

今晚

今晚，我已厌倦客串
习惯了旁观
今晚我不再是诗人
我要亲手下厨做饭
介入生活，重新
做一回合格的家庭妇男
烧几个拿手好菜
犒劳家人和时光
一盘莴笋丝红油凉拌
蚝油虾末炒茄子
黄豆酱烧豆腐
肉末清水平菇汤
霉干菜干辣椒蒸肉
没有外人
没有客人
不喝酒就吃饭
简单四碗，一人一碗
吃完争取再刷锅洗碗菌

夜空

夜空焦黄，如烧饼
星星是撒在面上的芝麻
若能咬上一口
一定很软
一定很酥脆
一定很香，让人回味

有一种夜，没有黎明

曾接引过但丁
曾被达尔文称赞
曾引诱过浮士德
曾被白糖或盐化成药浆
为屈原和杜甫疗伤

蚯蚓，一种无脊椎动物
无甲壳无骨骼，柔软而弱小
却是天生的侠客和杀手
一柄鱼肠剑。在地底寻仇
在地心烧一把火，誓要见血

不仅仅是没有希望、梦和黎明
根本就没有幻觉、白昼和鸟鸣
没有花朵、女人、灯火和星辰
被驱逐的隐士和遁世的圣徒
其实怀揣着一千个太阳和月亮

拯救，忘我，时间和空间
一节残线，黑寂中独自耕犁
没有牙的嘴，咬痛和啄穿夜
吞食的是泥土，吐出来的是长路
在忧伤中挖出一条深不可测的虫洞

一把万能钥匙，有人已开启天堂
为何却偏要逆向苦苦寻启地狱之门
固执地在熊熊的地火上再泼上油
禁闭在黑暗深处绝望的灵魂
永世不得超生，重新赐予自由

失眠

为什么失眠？因为想你
为什么想你？因为失眠
为什么花开？因为春来
为什么春来？因为花开
一晚上，我都在失眠
我都在想着这两个问题

烛光照亮黎明

点燃的蜡烛
在没有发电站和电池的古代
或现代城市偶尔停电的时候
可以照亮孤独
照亮黑暗
或刚切下来的一片奶油蛋糕

黎明不是被烛光刻意照亮的
即使烛光足够明亮
黎明本身更明亮
会替代蜡烛
照亮孤独和黑暗
却照不亮屏蔽在身体里的心脏

但我们愿意相信
黎明是被烛光一点一点喂大的
是被伟大和爱一节一节点燃的
怀疑和困惑，冷酷和娱乐
因为诗意和幻觉
让我们不再相信自己和太阳

呼吸黑夜

黑和夜混合
犹如一种化学合成气体
在唇和鼻翼间吐纳
是鼾声
在乱弹琴
吸进去一团黑
吐出来是一团烟
每个人的肺
都是一台开足马力的
小型空气净化器，地下革命者
誓将天空净化成黎明和白昼

我的黑夜占领了白天

黑夜提炼浓缩为黑领结
死死扼住希望的喉咙
黑西服里伸出的脖颈
颀长而雪白
喉结是枚树榴
像枚拉掉引线的手雷

现磨现煮的一杯苦咖啡
像苦胆
加糖
倒进些许纯牛奶
灯光保持防守的姿态
打着太极推手

黑夜就是驶向八宝山的灵车
一只只总能找到回家路的蝙蝠
灵柩里装着昨天和今天的尸体
等待焚毁，化为青烟
车的后面跟着明天，下着雨

黑夜吞噬着白天

孕育着白天
黑夜是白天的母亲也是白天的孩子
就像那些黑豆磨出的豆腐
那些黑壤里种出的百合

另一个灵魂

黑夜在黑夜里黑暗
灯在黑夜里亮
一滴菜籽油滴在水面上
青得比这深山
和庙
更无聊
展翅欲飞的雏鸟
静。像花，在爆炸
滚油里浮起的糯米茶
像心脏
收集血液一样
收集着黑暗

哭泣的温度找寻泪珠的影子

把悲伤都囚禁在身体深处
把疼痛都用麻醉药封闭起来
把眼泪都冻结在眼眶的背面
即使春天，冰雪融化，百花盛开
我就把悲伤都羽化成蝴蝶
即使夏天，暴雨倾盆，江河泛滥
我就把江南折叠成关节上复发的炎症
即使秋天，夜夜难眠，虫鸣唧唧
我就把泪腺里的月光搅拌成一支冰淇淋
即使冬天再次来临，冰封万里
我就把记忆锤得扁扁，狠狠地踩在脚下
成为须臾也不离身的一团没有重量的黑影

黑夜摸着莲花的心事彻夜无眠

蛙鸣
蟋蟀叫
心
早已如莲花花瓣
盛开
裂成几瓣
把月亮
死死摁进水里
像谋杀一只充满气的皮球
浸在长满荷的水里
用力搓洗
洗尽污渍和尘垢
洗尽悲伤和思念
直到白
如黑夜皮肤上的一块疤
起风时
一池塘的液体
都被洗得无眠
只剩下单纯的黑

夜的黑暗

萤火虫、篝火、灯、星星、月亮和你的眼睛
都是黑夜明亮的影子
不像我，一块巧克力的稀释
匍匐在地的黑影
是发散的，孑然而悲伤
夜的影子是收缩的
像些四处闪光的点
像一块玻璃乐观的破碎
比夜更加黑暗的是心和眼睛
因为更为黑暗
所以我能够看见黑暗的影子
透过黑暗本身，看见光明

追赶自己影子的孩子

已近中午，北京冬季的阳光明媚
我在莲宝中路的银座和谐广场上
看见一个蹒跚学步的孩子
不顾身后拼命追赶的父母的叫喊
自个儿在前面没命地狂奔
追逐着被自己踩在脚下
却仍然在拼命奔跑的身影
不想让囚徒从自己身体的下面轻易地逃走

第五辑

一个字一首诗

窗

你的窗
开向太阳
开向四月的蓝天

我的窗
面朝河的对岸
面朝远方和海洋

年少的你我隔得多近
隔着窄窄的独木桥
隔着一湾浅浅的清澈

我们仍然时时向外张望
站在窗前，其实静止的是我们
而屋子却一直驮着我们在狂奔

距离越来越远
中间长出草丛和树木
长出街道和楼群

终于隔了千里万里
窗虽然仍敞开在你对面
但中间却隔着无数个春天

隔着一重又一重的思念
窗是一只手，很长的臂膀
轻轻一捉，一切就被囚禁在窗框里

向夜空一抓
月亮和星辰就被框住
多年前升空的宇航器已飞抵天狼

你和我都是被窗拘押的囚徒
各自坚守着一扇窗户
以为这就是人生所应该有的追求

内心自由。但我仍然衷心祝愿
经过这么多年，你的窗
仍然能够开向太阳

仍然开向四月的蓝天
仍然不肯从属于世俗
仍然保持不同于我的向度

归

叫。叫。叫。那只傻鸟
叫得我坐卧不宁，好不心慌
死死叼住闺中少妇春梦
不让到辽西的那只黄莺
天天吵，吵得陶渊明喝闷酒
那只怎么赶也赶不走的布谷
青草年年绿，王孙归不归
这问题王维问过我
白居易问过我
李商隐也问过我。到如今
只有你还在苦苦反复追问
高铁都通车了，今年过年
你究竟是回还是不回

吻

吻你　在梦里
在春天第一场微雨后的梦里
在樱花初开的湖畔小径上吻你

吻你的手　你的手如白莲　在水中
吻你的发　你的发是阳光追逐的瀑
你的长发在我指间争先恐后　喧哗
吻你发下藏着的耳朵
你的耳朵里藏着我的心跳
你的心　一跳　又一跳

吻你　吻你的眼
你的眼睛是长着睫毛的语言
扇动着无声的翅膀在我的唇边飞翔
请让我先于桃花醉去　为了你
我心甘情愿化作一朵桃花的灵魂
化作一只蝴蝶
沿着前世依稀的足迹翩翩癫癫来寻你
寻你在樱花初开的湖畔

吻你　吻你的唇　如泉
你的唇是春风唤醒的第一片绿叶
轻碰　嘴唇与嘴唇

一滴露　一滴颤颤抖抖的香
晶莹莹　如荷叶上的灵动
骨溜溜滑向我的舌尖
我感受到你柔软的温暖
融化我曾经拒绝融化的渴望

吻你　在梦里
在春天第一场微雨后的梦里
在樱花初开的湖畔小径上吻你

河

河水是河的肉，有肥有瘦
河床是河的骨，有荣有枯
岸是河的衣袖，有新有旧
泉是河酿的酒，有春有秋
河水是剑，刺向海，岸是鞘
河水是长舌，天天滔滔不绝
河床是牙床，河底满是被磕掉的牙
鹅卵石，仍然咀嚼着时间
时间是一根棒骨
河是春天的巢，孵着一窝蛋
河是收集器，收集着感叹和垃圾
桥是河的首饰，镯般的忆
蒸发。坐化。手拈一朵花
涸。满河裸露的石头
是一些凝固的泪珠
是一些沉默的结晶
是千年之后能够发芽的种子
是佛悟道后留下的舍利

海

达尔文的进化论很讨厌
揭示所有陆地上的生命
都是从海里爬上的岸
科学像石磨，将诗意碾得粉碎

因为痴迷海洋
一些远古生物拒绝进化
比如鲎、鹦鹉螺和鲨鱼
仍然在大海里原生态驰骋

因为眷恋水和柔软
一些爬上岸的生物重返海洋
比如海豹、海象、鲸和海豚
重新在大海里追逐和飞翔

人也常向往大海，不只在梦里
说不清楚心底里什么原因
以为诗意驱使。其实那是
最远古的家在召唤游子的灵魂

路

千万条路，在地面上
横七竖八，千万个交叉
所有的路都连接在一起
交织成一张巨大的网
将所有的人
过去、现在和未来
统统一网打尽

家

头颅并不沉重
远远地看
是竖起来的烟囱
是灯塔上的灯火
就那么一丁点

一旦滚落下来
就是家，就是坟

笔画一点不少
非常相似
区别在于那一点
一个是最先着笔
一个是最后封笔

远

广州到北京，算不算远
北京到纽约，算不算远
从昨天抵达今天，算不算远
从冬天抵达春天，算不算远
40 倍双镜望远镜已看不清的距离
能够反复回放的视频和录音
孙悟空一个筋斗十万八千里，算不算远
航天器，从地球到月球，算不算远
一光年，算不算远？一亿光年，究竟多远
哈勃望远镜也抵达不到的空间，算不算远
从四维空间遁入五维空间，还有多远路程
不。不。不。都还不够远
生和死有多远
你和我有多远
只有相隔到足够心痛的距离
即便几世几劫也无法抵达
才算真正的遥远

茶

水刚烧开，滚烫
这一冲一泡，不得了
整个世界改变了

蜷曲着睡觉的
咬定一辈子都保持沉默的
对什么都抱着枯槁态度的
所有的叶子都被烫得跳了起来
都被惊醒，揉开睡眼
伸展懒腰，准备热热闹闹
聊，或者疗

一张张扭曲的脸孔
一颗颗揉皱的心灵
在水中，逐渐恢复本来面貌

梦

梦从那么高的床上
硬生生跌落下来
摔在那么硬的地上
跌得粉碎性骨折
却一声不吭
不喊痛

砖

遇水就柔软异常的泥土
命里克星。常被耻笑：软骨头

自从在一次人为的纵火事故中
逃脱。幸免于难。伤痕很多

变得异常坚固。内心满是疑惑
再遇上水一样的女人也很冷漠

贼

天生的遗传
与普罗米修斯是一伙
是贼。携带着布袋和尚的布袋
撕开母亲的肚皮，闯进人世
专挑丑陋、邪恶、卑鄙、残酷
战争、肮脏和垃圾，装满麻袋
带回地狱，倾倒
普氏是从天庭偷至人间
你从人间偷窃回地狱
撒旦狂笑，这是对你的惩戒
罚你今生做一名清洁工
清扫人间
你的名字叫诗人

信

信仍每隔段时间就会寄过来
厚厚的，沉甸甸的，牛皮纸信封
盖着“印刷品已验视”的章很红
我已经很少撕开来读里面的内容
不用撕，就知信封里是一堆剪报
而且消息和内容都很过时
或者微信、网络早就热炒过的东西
这是父亲的信。为了省钱
他既不玩微信，也不打电话
每天只看电视和读报纸
认为报纸上都是板上钉钉的事情
老是担心那些白纸黑字的重要信息
他的儿子忙，没时间看
会耽搁仕途前程
没人再像他对纸和字充满敬畏
没人再像他仍然在寄最原始的信函
每次收到信，我都在想
谢天谢地，他还活着

乱

思念终于被烤干烧煳
一支点燃的烟卷
云里雾里只是虚幻和烟

黑黑的绒线
从笔尖扯了出来
如蚕吐丝，绵绵不断

黑夜是一朵巨大的棉
盛开在窗外
梃子上捻出黑色的线

纸上是一个个棉线穗子
左缠右绕，好多年的想念
剪不断，理还乱

从去年初秋到今年春季
翻来覆去，思来想去
算不清场，一笔糊涂的烂账

鸦

清晨，一只乌鸦蹲在上屋檐
一动不动，好像在大便
整个昨夜都流进它的表面
整个冬天都凝结到身体里面
满是被蒸馏浓缩的黑、寒和盐
舌根很苦，满嘴无甜
死死盯着我的眼
突然狂叫一声，穿心利剑
证明它还活着，我也没癫

滤

时间穿透身体
比夸克还要微小的粒子
滤
滞留体外的
是皱纹和白发
是忧伤、记忆、舍利子
是病痛、结石和癌

送

——致神女峰

眼皮沉重如闸　我在
闸后寻找着缝隙
春风愁去秋雨来　我
绝不启闸送征帆
从此　我只做
一个不哭的女人

朱唇紧闭如门
嚼烂的骊歌　在肚肠里
反刍　更行更远水还长
把猿声系在船上当帆
从此　我只做
一个静默的女人

双足坚定如桩　雷来
我也不躲闪　潮来
我也永恒石化　我
绝不移半步
以表我的依依离情
从此　我只做
一个不动的女神

飞

飞吧　小鸟
翅膀本就生在你身上
风锁在你心里　我
并没有线　死死牵着你
你的自由并不归属于我
你想飞就飞吧
我决不关你　在笼里

浇

也许你并不需要
可我愿意　付出
一生的爱
专志于去浇灌
一朵长刺的玫瑰

闻这长刺的香
我一生都因此幸福

夜

一口上好厚实的黑漆棺材
搁置在家中柴房。很多年
爷爷一遍又一遍刷着表面
乌黑锃亮，闪着夜的光芒
因偶尔玩迷藏，我才发现
棺材外面黑，而里面很白
一天，棺材终于被永久钉合
抬上山，埋进土。再也没有醒
再也不会有白天。没人知道
其实是一层黑
把爷爷永久地关进了白

恋

乳燕第一次从春天的巢穴里飞出
风斜斜地吹过来
黄金和剑都是导体，电阻很小
盛开的花朵是常温下的超导体
电阻为零
淋湿翅膀的每一滴细雨
都是看不见的闪电
敏感地
击穿
试图展翅飞翔
每一颗绝缘体做的心脏

蓝

把天
提炼成一行归雁
把海
晒干是一把盐
湖是大地睁开的一只眼
岩边的一簇冷艳
是火焰。一只蝴蝶
伸展开的臂膀是风帆
不是红颜
漂浮如一支跳跃着的箭

笑

桃花杏花一斧头劈了下来
把山砍成一个豁口
声响很大
只有眼睛能够听见
努力学着用好德的心境
去悄悄贴近
像蜜蜂
仔细端详
每一丝绚烂的笑容
发现
其实每一朵花都是不一样的

山

一夜间
山上所有的树木
都疯狂起来
纷纷伸出利爪
撕开土壤的皮肉
紧紧抓住山的骨头
齐心协力
终于把整座山
从地底提拎了出来
哄抬了出来
拱成一座拆毁不了的巨大拱桥
横亘大地

河

河是女人
平躺着
一棵横向生长的树

是神握在手里的荆条
一鞭抽打
就深深卡在岸里

与直立生长的树
的真正区别
在于一泻千里，没有逆流

盐

海也会死
死亡后，焚烧
同样是一把骨灰
或舍利
据说是灵魂的一种结晶
海，试图与佛比拼
看谁更伟大

雪

纷纷扬扬的白色碎片
落下
在地面上
凝结成一大块肥肉
像从华清池里
刚刚裸浴出来的美人儿
连李白都想前去
摸一把
揉一爪
含一口
像夏天含在嘴里
慢慢化掉的冰淇淋

孕

喝水，喝饮料
吃饭，吃面条
吃肉，吃蔬菜
吃苹果、梨、杧果
用肠胃在子宫内
提炼出一个孩子的肉身
问题是灵魂呢
肯定不是吃出来的
是神赐予的吗
那么，我和孩子的母亲
是否应该下跪
祷告上苍

第六辑

落在脊髓上的灰暗

落在脊髓上的灰暗

锁眼是门的肚脐
钥匙是柄短小的匕首
是锯
是一根老中医捏在手心的银针
插进这个能够哗啦一声响的穴位
可直接摸进房间的内腹
无须拐弯抹角
绕道口腔、食道和肠胃

黑夜决堤
从黎明的豁口冲了出去
排山倒海，一万栋楼房泥石流
瞬间干涸，一万顷波涛蒸发
朝阳鲜花，十万座山身披红装
十万盏灯收敛起贪婪的凶光
所有的石头都开始腐烂
所有的树木都开始疯狂生长

黑暗找不到黑暗
滞留在脊髓上的灰质
传染性极强的炎症
所有的自杀者
都以为自己能够像基督
在复活节复活

减肥

当意识到太胖
为时已晚。她
左屁股上趴着头猪睡觉
右屁股上一头猪在蹦迪
左乳房伏着头猪仔吃奶
右乳头被猪仔死死叼着
肚里一窝没成形的猪苗
像一锅白肉倒扣着下腹
重量如海浪拍击她的嘴

于是她决心减肥
开始学股民割肉
仿照陆步轩[注]杀猪

减肥成功后
有人对她的一生
进行了客观公正评价
说她一生都非常成功
前半生是养猪专业户
后半生是屠夫

注：陆步轩，1966年生于西安，1985年考入北京大学中文系，毕业后

回西安，后下海，以“眼镜肉店老板”的身份闻名。2003年，因媒体报道，引起社会关注和反思。2008年，在广州结识北大“卖肉佬”陈生，并受邀开办“屠夫学校”。2011年12月，任广州“屠夫学校”老师。

阳痿

无法直立行走
这本是女人的痛苦
根子却是男人的问题

樱桃长在树上
可甜蜜的却是红唇
果肉里暗藏种子的阴谋

佝偻是一种病
即使仅发生在男人身上
但并非女人可以偷情的理由

一种羞于言说的缺钙
却被女人巧妙地转嫁
弱者以柔弱作利器所向披靡

苦是咬在嘴里的青柿
男人怀念猴进化前的时光
石头长期泡在水里迟早会圆

男人身上藏着锯

男人身上藏着把锯
锯齿锋利
锯声如蟋蟀的呻吟
乘月黑风高
把女人的青春
大卸八块
残忍碎尸

一块埋在山里
长成一片葱茏
一块潜在水底
化为溪涧游鱼

一块飘扬在风中
展翅如翱翔的鹰
一块挂在夜空
似镰刀，收割星星

一块燃烧在天上
烈日似火，嘲笑后羿的孤独
一块燃烧在地底
如岩浆奔突，待机喷薄而出

一块浸透纸面
化为一张褪色泛黄的照片
一块滞留心中
遗留腹中的一把手术刀

男人身上藏着把锯
锯老了童年
锯老了红颜
把时间锯开
锯成大小不一的碎片
送孩子当玩具
像七巧板，拼接似是而非的流年

排泄

没事，不妨蹲蹲厕所
将肠胃里的垃圾、毒素
尽情排出，没人愿意当猪

没事，不妨拿本书读
将脑子里的垃圾、毒素
像卡喉鱼骨，慢慢剔除

不二法门

道家说：人“二”了就是“天”
儒家说：人“二”了就是“仁”
老婆说：人“二”了就是“夫”

一个人不二，如何知天
如何得道，如何升仙
不“二”就只有喊天
永坠人间，如屈原、司马迁

一个人不二，如何懂得仁
如何克己，如何爱人
如何为了理想学会杀身成仁
如何治国平天下，如王守仁

想干大事，得请教李宗吾如何忍
如何黑？一个人不二，如何为夫
一+大为夫，大丈夫，匹夫
打老婆的是屠夫，低声下气不只长工

对老婆说：一丈之内为夫
一丈之外你别瞎掺和
整天冥思苦想，想悟道
翻烂经书问仁，学不了张仪、苏秦

不二法门，教外别传
不是禅，就是野狐禅
心中有佛你就是佛
心中有圣你就是圣

鸟男

二十啷当岁时
他很富有爱心
精心养着一只画眉鸟

当年，他也很清纯
尽讲些别人听不懂的话
有人笑他：老说鸟语，不讲人话

画眉鸟死那天，他很伤心
天下着小雨
他觉得自己的心也死了

别人忙忙碌碌
他碌碌忙忙，守着鸟人本分
尽干些没名堂的鸟事

他把一个美女压在身下
并用女人的尖叫
喂饱和吹胀了一只小鸟

他从一楼，一级一级
脚踏实地。爬上顶楼
一览众楼小，觉得自己很鸟

他从顶楼的窗户起飞
却忘记自己没有翅膀
落地时才确认自己不是鸟

若干年后，屌丝成为一种时尚
没人记得这栋楼上
曾经坠落的身影留在地上的血迹

盒子

卧室。厕所。厨房。书房。客厅
飞机。高铁。公交。自驾。地铁
办公室。会议室。接待室。餐厅
银行。宾馆。医院。饭店。舞厅
从一个建筑走出来，又走进另一个建筑
从一个盒子走出来，又走进另一个盒子

最后一个盒子都不大
棺材，或骨灰盒
有价格差异
但不像活着时
差别很大

劫数

用刀。把晚秋。肢解
成碎片。树强忍痛苦
一声不吭，叶如雨下
天空是一柄剑
曾经穿越稻草和花香

曾经激情四射的河流
凝固。冷若冰霜
判若两人
站在河岸的不是石头
是太阳，拒绝妥协

不管什么时候来，我都爱你
就像
不管什么时候走，我都恨你
在劫难逃

美人赠我以肥肉

有认识的人夸我：一手好诗
有认识的人贬我：一身好肉
我回答：我的诗没我的肉好

这肉不像诗，有来头，有年头
是当年杨贵妃在马嵬坡馈赠的礼物
摸起来，至柔，至今仍很有感觉

宝剑赠英雄，红粉送佳人
舍得一身剐，皇帝拉下马
有人问："美人赠你以赘肉，意欲何为？

可见，女神都没把你当英雄"
既然你不懂，诗不是竹？竹不是肉？
何必老追问：什么是好诗和好肉

若你真想懂，不妨打壶好酒
我亲自下厨，炒二两五花肉
给你下酒，一醉方休

撕开一朵云

别怪我的粗鲁和流氓
一把撕碎，多年珍藏
你胸前最为纯净的洁白
撕开所有的阴霾
没了遮拦，坦然
躲在里面的不是心脏
是一颗跳动的太阳

你说睡了不该睡的人

睡了，就是应该
前生的孽债
没睡，就是不该
今世缘刚栽

睡了就睡了
何必患得患失
管他有爱无爱
爱了就爱了
何究前因后果
关键是人别栽

一切都完好无损
只不过又被用旧一次
老没老，心知肚明
腕上手串，项上明珠
时常拂拭，光艳如初
剑不用就锈，人不用就猪

明知君非良人

你是男人，明知山有虎
偏向虎山行
我是女人，落单母老虎
明知你非良人
而我却是你的女人
别骗你我什么前世姻缘

貌并不比贝克汉姆
才也不如春上春树
无房无车西北风
不听母劝，偏嫁渣男
也在反复问自己，傻不拉几
为何偏偏就爱你一无所有

关于烂诗和我的悲催

我写了首诗，说李白是骗子
说诗人都是骗子。群里马上
有人追问：“你是否也是骗子？”
有人马上跟上：“无聊！”
群起而攻。不分青红皂白的
群主更是如雷暴跳
也不给任何申辩的机会
直接一脚，把我踢出

我觉得很委屈。
我是烂人，所以我读不懂李白
我是烂人，所以写的都是烂诗
你们都是诗人，写的都是好诗
而且你们都互相吹捧：写出了好诗
让我欣慰的是，我最烂的诗还没写出
你们写出的“好诗”其实都很烂
相比较，至今我已写出的都不算什么

劈腿

有人邀我，进群，砍诗
我说，小时候只会砍柴
长大后，跟人学着劈腿
还没学会，倒被人砍得伤痕累累
人人都说我黑社会
从来就不会砍诗
如今老了，腿脚不利索
要砍，砍不动了；要劈，劈不动了
屌丝是软的，“逼”是人家的
只有等人来砍我“劈”我了

感恩

以爱的名义，一个男人捐献了一颗彗星
以爱的名义，一个女人捐献了一颗类地星球
于千万粒精子之中，于千万粒卵子之中
于千万年之中，没有早一步，也没有晚一步
是“这”粒卵子和“这”粒精子碰撞在一起
就像在亿万年前一颗漂泊无居的彗星撞击地球
带来了爆炸、水和阳光，拯救原始的荒芜
这么巧。后来这枚不断分裂、成长的受精卵
就是你。捐精者成了父亲，捐卵者成了母亲

烂诗烂画

让我欣慰的是
最烂的诗还没创作出来
已写的这些就值得珍藏

让你欣慰的是
最烂的画还没创作出来
已画的这些就值得赞赏

人体素描

明明是荤
偏偏说是素
明明是肉
偏偏说是豆腐
明明是色
偏偏说是艺术
明明是黑白线条
偏偏说是绘画基础

油画人体

画笔和画布恋爱
通过颜料媒介
未婚先孕，生下孩子

孩子刚出生，就已成年
第二性征突出
性器官也不遮掩

身体是个容器

身体是个奇怪的大容器
许多高尚的人装满理想
许多成功人士装满成就感
但大多数人不过就装了一些屎啊尿啊
很多无用的东西
整天到处找马桶，排泄

我像挤牙膏一样爱你

你说
我像
挤牙膏一样
爱你

这话
让我坠入
万劫不复
之地

你说
做爱
犹如
挤牙膏

目的性很强
目的是
保持口腔卫生
把牙刷干净

函数曲线

我是 y，你就是 x
谁叫我是一个无聊的理工男
我在你身上发现了好多曲线
腮颊、霸乳、肥臀、细腕、蛮腰
精确测量，你烦不胜烦
幂函数曲线、指数函数曲线
对数函数曲线、三角函数曲线
双曲函数曲线、反双曲函数曲线
我在你身上解着数学习题
由 y 求 x，又由 x 反算 y
不厌其烦，反复验算
电脑、网络，不管文字、图像
还是音频、视频都是数字
无非是 0 和 1，二进制，无限组合
我终于发现你也只是一堆庞大数据

美人

你好慷慨大方
把珍藏多年的香草
不图任何回报赠予我
为何却吝啬
独独把自己留给了自己

美腿

美，像瀑布
从裙底飞流直下
去了壳的茶叶蛋
那么白，那么嫩，那么肉
海绵般把我的目光吸干
让我像水，继续
不由自主地想入非非

身体里藏有河流

千万条河流
潜藏体内
总会有惊涛骇浪的时候
却只有抵达眼睛
或性器
才真正找到落差
形成瀑布

棉毛裤

乘着寒冷
竟然如此近地
贴近你的下半身
从小腿、大腿、大腿根部到屁股
因为无耻造就的
一场能够穿越秋天和冬天的温暖
很多人深信这就是传说中的爱情

第七辑

植物的表达，你不懂

苦瓜吟

一夜之间
吊在藤上
自杀的
那根苦瓜
就成熟了

三个月时间
仍无人收尸
从葱翠欲滴
到而今
略显浮肿的
那根苦瓜
一夜之间
明显苍老
咧着嘴
豁着牙
露齿而笑

嘴是黄色的
犹如樱桃
牙是红色的
犹如饮血

苦瓜是苦的
因为没有火气
种子是甜的
因为苦尽甘来

土豆种植记

发芽或将要发芽
的土豆。都有毒
像波德莱尔的诗句
长着獠牙

因失血过多
而面色铁青的土豆
埋进土里。就像埋葬
一段爬满霉菌的记忆

深埋的是拒绝腐烂的灵魂
被囚禁在花盆底部。练剑
像荆轲。等待一剑封喉的时机
终于将一盆黑壤刺个千疮百孔

花盆终于怒发冲冠
刺穿的剑锋在阳光下狂笑
根根似美杜莎直立的长发
绿油油。如蛇，吐着芯子

茸毛未褪的嫩芽拼命张着嘴
嗷嗷待哺。狠命咬了一个口

痛得天空大叫。好一声惊雷
淅沥的呻吟。一场雨湿了一座城

叶子伸展如手掌。敏捷地捕捉
每秒 30 万公里速度迎面撞来的光子
捕捉游离在空气中的时光、碳离子
储存下来，使劲团成淀粉和糖

这些移民，涉水而至，偷渡入境
主动放弃南美洲籍，改中国姓氏
叫马铃薯。纷纷申请中国国籍
隐姓埋名，改叫山药蛋

洋山芋名字藏着一个身世秘密
看似土，实则洋。仍像石头一样
做梦。仍会像水一样恋爱和结婚
超生用碳水化合物堆积成的孩子

茄科植物。舶来品。不曾水土不服
“洋为中用”的成功典范。像鸡
在土里下蛋。像耶稣，用肉体
喂养，或拯救世界

枫

捉住这烫手的红　把秋
一行一行写进信封
寄走　漂泊随风
追寻白云的行踪

在这熟悉而漠然的雨季
我以独特的艳　迎接冬

剑与藤

黄河是一把古剑。锈迹斑斑
剑刃喧哗
剑气嘈杂
剑鸣涛涛
血在剑锋上日夜咆哮
把兰州这座城市一剑穿心
将银川轻轻踹了一脚
把呼和浩特化为一匹白马
用唐诗把洛阳和郑州轻轻刺伤
把济南劈成一个凹凼凼
我站在黄河边上，割开疤痕
让血管里的血尽情流进河里。学古人长啸

长江是一根老藤。枝繁叶茂
有时绿得愁人
有时蓝得骇人
有时浊得瘆人
时间在藤蔓上开花和结果
重庆是扛在肩头的一个西瓜
武汉是抱在怀里的一个南瓜
长沙是叼在口里的一根黄瓜

南昌是握在手心的一个地瓜
南京是绣在丝绸上一根丝瓜
上海是举在头顶的一个冬瓜
我站在长江边上，不知所措
我得老实承认我不如孔子。像个傻瓜

我站在黄河与长江之间
想象自己像树一样长高
当我足够高时，头顶苍天
左手拈住黄河
右手捉住长江
像拎住两条湿漉漉小蛇
我一只脚还踏着昆仑
另一只脚已跨过泰山
奔向海洋

枣树的眼

院子里站着枣树
站了很多年
一直站在原地

每天都从树下走过
这树是瞎子
没长眼睛
对任何事情都视而不见

黄昏，我坐在院子里
看见两只鹊停在树上
叽叽喳喳。顾盼有致
那是一双枣树的眼睛

榕树

这棵树太老了
老得抬不动脚
可惜白长了
那么多条修长而性感的腿

像蜈蚣，腿很美
慢，走得很慢，爬也比这快
比电影慢动作还慢
比乌龟还慢上千万倍

这棵心怀大志的树
试图用这一生的时间走出这座森林
整整走了一百年
也没到达森林的边缘

浮萍

一滴水落在水面
荡开
两滴水落在水面
荡开
三滴水落在水面
荡开
千万滴雨落在水面

雨过天晴
一池浮萍
水也有一张脸
脸上滞留着泪痕

公园里那片银杏树

很长时间没来。秋天突袭
占领的公园，水很涸
就快结冰了。鱼活得异常艰难
原以为，最水性杨花的是柳树
没承想到，颜色最黄却是银杏

秋天，把春天贴在树上的
小广告。很耐心地
一片一片揭下来
铺在地上。一大片落叶
像银杏树倒在地上的影子

原野

被秋天煎得焦黄的
不只是月亮。感受苍凉
心如蜻蜓，贴地飞翔
搜寻溶解在黑暗中
尚未结晶的太阳

忍耐一个冬天的凄寒
和漫长。思念就会
悄悄发芽、生根、成长
千疮百孔，将土地犁翻
拦阻不住的鼙鼓是渔阳

从地底深处点燃一场反抗
一路杀来，色彩斑斓
并刻意编织一张绿色大网
网住所有鸟兽和昆虫的歌唱
上演春天策划已久的大解放

枣

两棵树在院子里
站岗。站了很多年
也不累。恪尽职守

一棵是枣树，另一棵
还是枣树。楼里的人
天天从树底下经过

春天，风一吹
落一头枣花。晚上睡觉
满枕头都是宋词的味道

秋天，跟孩子藏猫猫
躲在树梢上的喜悦
被竹竿子追赶得蹦蹦跳跳

今年冬天，突然平整院场
一棵枣树被砍倒，锯成段
像被尸解的犯罪现场

另一棵枣树垂着头，挂着牌
像被批斗的“牛鬼蛇神”
胸前写着：私人财产，严禁砍伐

梦中的草原

跑马草原
犹如鱼游海洋
在梦中翱翔
终于发芽的期望

天空是面镜子，如湖面
照见大地苍茫
大地微曲凸起如眼球
凝视着云朵

牛群是黑眸
羊群是眼白
花朵是下凡的星辰
大地的心脏怦怦跳动

夜穹嵌满宝石和珍珠
再也点不燃的烽火与狼烟
只有篝火与炊烟
何人还在引弓射天狼

红豆

相思是一种病
很古老
锈在青铜器上的牙痕
因春天因潮湿
长在古人心上
一层薄薄甜美的苔藓
痒，偏偏又挠不着
痛，痛不欲生

如今，都被青霉素
和抗生素，彻底根治
杀绝。免疫力极强
高速公路、高铁和飞机
网络、微信和手机
将古人哭哭啼啼的时空
死别和生离。像泡沫
一巴掌，拍扁一只苍蝇

已没人再送红豆
已没人再珍藏
这种鲜艳的豆科植物种子
若真的喜欢，或爱
就相约一家红火的果饮店

点一两大杯红豆奶茶
两根塑料软管插在一起
你一口我一口，边聊边吸完

草长莺飞

很担心，岸边喝醉了的杨柳
会一脚踏空，溺死在水里
很担心，天上耍酒疯的风筝
会劫持飞机，迫降在屋檐

发现花朵都浓妆艳抹，满口酒香
既不讲体统，又失了方寸
发现有的人已急不可待
开始宽衣解带。无限春光

发现鸟儿都激动得吐词不清
发现猫儿开始大白天说梦话
发现女巫在背地里蒸馏着天空
发现春天的草和树都被点燃
一种绿色扑不灭的火焰
在悄悄肆意蔓延
在均匀地加热着整个春天

榆瘿

太平路北，种着树
临近西翠路口
有一家很小的面馆
常在门口生火炸油条
早餐生意极好
门口正对着一棵榆树
2 米高的树干上结着一个瘤
大而圆，黑不溜秋，如冰壶
人来人往，没人注意
我上班时也常从这树下路过
每次总要抬头看看
瘿是树的病，或怀孕
幸亏没人注意
可是，长年生长在这都市路边
迟早会被人注意
一旦被发现，我想
树的好日子就不多了

青杏

杨柳将雪花的灵魂收集起来
用“移魂大法”
滤掉冷
蒸发掉寒
提炼出一种温暖和柔软
浇灌春天
漫天柳絮，萋萋芳草
花褪。残红。青杏小
每一个发现都是一次触动
每一个触动都应该有一次感慨
除了
仍然在学古人
填《蝶恋花》的现代诗人
工厂流水线式的哀叹
没人再感伤
大家都很匆忙
穿透城市地铁的黑暗
忽明忽暗的灯光在咯血
没人再去刻意关注
和意淫
隔着围墙的一段少女无主题的笑声

苔痕

雨，一批接一批
前仆后继
从这里纵身跳下
悬崖
没人能够理解
为什么自杀
和远走天涯
血溅的地方长满苔藓
和时间
洗不净的黑色身影
并非每一个死亡者
都可以按自己的自由意志
选择地狱
或天堂

水仙

来到水边，跪下
如虔诚拜佛
头颅尽量放低
嘴唇尽量放低
低到贴近水面的位置
喝一口。我看见
我的影子从水底直接浮了上来
亲吻我的嘴唇
如同久别的情人

老树

上古有大椿者，以八千岁为春，八千岁为秋。此大年也。
——摘庄子《逍遥游》

一百年，寿命比人长
三百年，比乌龟活得长
一千年，比石像和建筑活得长
都以为这棵树活得异常苍老了
其实这棵树仍活在襁褓
还没修炼成精
还没幻化成能行走的妖怪

比它还老的
都被历史伐倒，做了棺材
比它更老的
都被统一砍断，炼了钢铁
现代人已没法理解一棵树的年轮
狂热地追求速度
迷恋空间
把时间压缩扁平如纸张

没人见过上古

没人见过三万两千岁为一年的椿
没有这样的时间概念
慢是一种修炼
实在没有比它更长寿的树
没有大师的年代
人们就把它称为老树

蒲公英

若不是季节的缘故
我只是夏天，或者秋天
生长在草甸上的一小片白雪

若不是阳光的缘故，我只是
被时间过早冻结在地表上的几缕白发
像白癜风一样的癣

若不是风的缘故
我不会滋生飞翔的梦想
老实伪装成一朵无法让人惊艳的花

若不是你吹气如兰的嘴
我不会有胆量去冒充一名天才的跳伞员
冒险在空中跳一段经典的芭蕾

若不是你的缘故，我的心
只是一块长满霉菌的毛豆腐
只是一条普普通通长着刺的毛毛虫
只是一种没有任何重量的轻
只是一种近乎透明的白
因为你的缘故
一切都发生了改变

暗香

黑夜凝固时
犹如一块猪血豆腐
每一盏灯，都是肿瘤
潜伏在血豆腐里的孔洞

每一滴露珠
都是一只睁开的眼睛
急切地寻找繁星
寻找黎明

香是暗香，见不得阳光
城市的下面还深藏着城市的肉身
花朵里面还盛开着一朵花朵
心脏里面还裹着一颗心脏

我坚信每天早晨挂在山楂树上
鸟笼子里的八哥的喉咙里
珍藏着一台老式手摇留声机
落满岁月的灰尘

不动声色地把曲线扯长，像拉面

并把曲线分成足够微积分的长度
让每一小段曲线都呈现直线的特质
并持续以假象，好像地壳从不曾弯曲

格桑花之恋

把每一座雪山都错当成雪莲
把每一座湖泊都错当成一片碎落的蓝天
把每一只雄鹰都错当成长着翅膀的心脏
把每一片经幡都错当成一句禅宗偈语
把每一座白塔都错当成找到了家的白云
把高原上每一朵盛开的花都错当成格桑花
把世上每一个美丽女子都错当成了你

“世上本无格桑花”
“那佛陀指尖上拈着的是什么”
“世上本无格桑花”
“那姑娘乳房上绽放的是什么”
“世上本无格桑花”
“那我梦里呼唤着的是什么”

整座城市像刚出生的婴儿
在雨中沐浴
排空下水道里的污垢
洗净地铁里的黑暗
擦掉落在街市表面前世的胎记
因为有你，不管身处哪里
我的世界就会开满了格桑花

核桃

刚出生，就已苍老
那些坚硬的皱纹
把群山和河流微缩在表面
像长在皮肤外面的骨头
淹没和掩饰掉本应有的青春
时间被蒸馏之后
留在烧杯底部的隆起和痕
不易察觉
若干年以后
是否还有人关心
白色的、富含铁质的内心
仍旧是脆的和柔软的
从不曾硬化
像一只勇武穿着铠甲的螃蟹

秋叶赋

黄栌叶在经历周期性痛经
香山的脸羞得通红，不再发怒
山生气时脸色铁青，并一声不吭

夕阳染过的头颅
需用一个秋天
才能洗褪头发的颜色

整个西山燃烧起来
整个京城都会把手
伸过来，取暖

一座城的乳房裸露
在哺乳着一个私生子
取名叫作春天

野菊花

很干净地喜欢这些花
不喜欢内心那么多的沟沟壑壑
简单，没有一丁点个性和脾气
要黄，就都一个色的黄
要长，就同一个高度地长
像水滴，汇成河，聚成海
要开，就没有差别地开
可以N次复制和拷贝的几何图案
规整。对称。缺乏想象
没有任何变异后选育出来的复瓣
原原本本的想法
野得没有一点病态和教养